KAHRAMAN TAZEOĞLU

Vazgeçtim

İnsan sebepsiz yere
terk eder mi sevdiğini?

DESTEK
yayınları

DESTEK YAYINLARI: 547

EDEBİYAT: 202

VAZGEÇTİM / KAHRAMAN TAZEOĞLU

İmtiyaz Sahibi: Yelda Cumalıoğlu
Genel Yayın Yönetmeni: Ertürk Akşun
Yayın Koordinatörü: Erol Hızarcı
Editör: Kemal Kırar
Kapak Tasarım: İlknur Muştu
Sayfa Düzeni: Cansu Poroy

Destek Yayınları: Mart 2015
Yayıncı Sertifika No. 13226

ISBN 978-605-9913-55-3

© Destek Yayınları
Harbiye Mah. Maçka Cad. Narmanlı Apt. No. 24 K. 5 D. 33 Nişantaşı / İstanbul
Tel.: (0) 212 252 22 42
Fax: (0) 212 252 22 43
www.destekyayinlari.com
info@destekyayinlari.com
facebook.com/ DestekYayinevi
twitter.com/destekyayinlari
instagram.com/destekyayinlari

bambaska.sayfa@gmail.com

İnkılâp Kitabevi Baskı Tesisleri
Matbaa Sertifika No. 10614
Çobançeşme Mah. Altay Sok. No. 8
Yenibosna – Bahçelievler / İstanbul
Tel.: (0) 212 496 11 11

Vazgeçtim

Kahraman Tazeoğlu'ndan

DESTEK
yayınları

Anlatamadığım duyguları neden anlatamadığımı ne kadar iyi anlatırsam o kadar doğru anlaşılırım.

Bu yüzden yazıyorum.

Benim satırlarımın değil, kendi öykünüzün altını çiziyorsunuz. Hangi cümlelerin altını çizdiğinizi değil, niye çizdiğinizi düşünün.

GİRİŞ

İnsan bazı anları neden özler biliyor musunuz? Çünkü kendisinin hep o ana ait olduğunu düşünür. Oysa kendisi için mutlu bir an olan o an, bir başkasının trajedisi olabilir. Dünyaya insan olarak gelmek, kötü ya da iyi olmak için bize sunulan bir fırsattır. Bu fırsatı ne yönde kullanacağımızı ise karakterimiz belirler. Karakterse zamanla olgunluk kazanır. Ama aynı zamanda kayıptır zaman dediğin; bitmeden birikmez.

Uçsuz bucaksız bir manzara görmek istiyorsanız en dik yokuşu çıkmak zorundasınızdır. Bedeldir bu. Ödemekle yüzleşemeyeceğiniz bedeller, düşlerinizin kırılmasından başka sonuç getirmeyecektir. Ama aynı zamanda bir düşü düş bırakan gerçek ise onun gerçekleşmemesidir.

Gülün nasıl koktuğu değil, sizin nasıl kokladığınızdır farkı yaratan. Bu yüzden herkes başka sever. Ve herkes başka türlü teslim olur aşka... Aşk, seni vurabilecek bir silahı, seni vurmayacağına inandığın birine tereddütsüz vermektir. Sessizce gitmeyi seçer kimi... Yârinin gözleri uğruna, yârinin gözlerinden vazgeçer. Bazı hikâyeler sözlerle değil, gözlerle yazılır. Aşk, vazgeçmek olur...

İçini yeterince dolduramadığımız hayat, kısa bir hayattır. Nasıl ki denize inmemiş bir gemi daha gemi değilse... Yani aşkı yazan bilemez yaşayan kadar. Vuracak sahil bulamayan her dalga nasıl kıvrılırsa kendi içine, öyle bir ölümün ortasında hayat aramak olur gerisi.

Ve o... Onun kaderi aşkı uğruna aşkından vazgeçmekti!

Aslına bakarsanız aşk diye bir şey de yoktur; ta ki onu bulana kadar...

Birinci Bölüm

Onu ilk gördüğünde bebekti daha. Alt kat komşularıydı. Saadettin ve Gülseren'in kızıydı Feza. Sessiz bir bebekti. Ağladığı pek duyulmazdı. Apartmanda mutlu bir telaş yaşanıyordu o günlerde. On yaşındaki Mehmet'se o telaşı şaşkın gözlerle izliyordu. O bebeğin, ilerideki yaşamında nasıl bir rol oynayacağını kestirebilmesi mümkün değildi o zamanlar.

Mehmet'in babası Arif Bey, varlıklı bir adamdı. Almanya'da bir şirketi vardı. Eşi Meryem Hanım ile genç yaşta evlenmiş, Almanya'ya gitmiş, orada işçilik yapmış, sonra küçük bir işletme kurmuş, hem çalışkan hem kısmetli biri olduğu için kısa zamanda büyük bir şirket sahibi olmuştu. Arif Bey kısmetini çalışkanlığına, dürüstlüğüne ve hayırseverliğine bağlardı. Bu üçüne çok önem verirdi. Alçakgönüllü biriydi, kendisini hiç övmez, zenginliğini göstermezdi. Kazandığı paranın belli bir bölümünü mutlaka hayır işlerine ayırır, fakirlere yardım ederdi. Kazancı küçük de olsa muhtaçlar için mutlaka bir pay ayırırdı. İşlerinin hep iyi gitmesini muhtaçların hayır duasına yorardı. Oğlu Mehmet'i de kendisi gibi yetiştirmek istemişti. Ona çalışkanlığını, dürüstlüğünü ve hayırseverliğini aşılamıştı.

Arif Bey, işleri umduğundan çok daha iyi gitse de yurdunu özlemiş ve dönmüştü. Oğlu Mehmet anavatanında büyüsün istemişti. Almanya'daki şirketini yönetmeye devam etmiş, İstanbul'da bir şube açmıştı. İşi gereği, hayatının büyük bölümünü yurtdışında geçiriyordu. Almanya'da uzun kalıyor, başka ülkelere seyahat ediyordu.

Feza'nın babası Saadettin, Arif Beyin İstanbul'a dönsedüğündc açtığı şubcdc çalışıyordu. Arif Bcy onu çok sever ve güvenirdi. Hayatının çoğunu yurtdışında geçirdiği için, İstanbul'da güvenilir birine ihtiyacı vardı. Arif Bey, yardım ettiği insanlara daha çok güvenirdi. Saadettin'e sahip çıkmış, hep yakınında olsun istemiş, apartmanın alt katındaki boş daireyi ona vermişti. O gün bugündür Saadettin hiç kira vermeden otururdu. Saadettin, bir gece sokakta yürürken Arif Beyi gasp etmek için bıçakla saldıran üç kişinin arasına dalıp onu kurtarmıştı. Gözü kara biriydi. İşte böyle tanışmışlardı Arif Beyle.

Arif Bey, hayatını Saadettin'e borçlu sayardı. Ona iş vermişti yanında. Kısa bir süre sonra onun yalnızca gözü kara bir adam değil, daima dürüst ve güvenilir bir insan olduğunu görünce alt katındaki daireye yerleştirmişti. İkisi hem arkadaş hem komşuydu ama aralarında daima bir mesafe vardı. Arif Bey hem yaşça büyüktü, hem patronuydu hem de olgun biriydi. Saadettin ona büyük bir saygı, ayrıca yardımlarından ötürü minnet duyardı. Tabii saygısını, Arif Beyin eşi Meryem Hanım ve oğlu Mehmet'e de gösterirdi. Ona bazen "yavrum", bazen "küçük bey" derdi. İkisini söylerken de çok samimiydi. Çünkü Arif Bey yurtdışındayken Saadettin vardı. Bazen Mehmet'e babalık yapar, korur gözetir, bazen hizmet ederdi. Kendi oğlu gibi sever, gözü gibi bakardı. Babasının yokluğunu hiç hissettirmezdi.

Nasıl ki Saadettin, küçük bey dediği Mehmet'i kendi oğlu gibi sevdiyse, Arif Bey de Saadettin'in kızı Feza dünyaya gelince onu kendi çocuğundan ayırmamış, eğitimini ve giderlerini üstlenmişti. Eşi Meryem Hanımla birlikte bir de kız çocuk istemelerine rağmen, onlara nasip olmadı. Feza bu boşluğu doldurmuştu. Zaten Gülseren hamileyken inşallah kız gelir, diyorlardı. Feza doğunca onlar kadar mutlu olmuşlardı. Bir oğulları, bir de kendi kızları gibi gördükleri Feza vardı hayatlarında. Feza tam istedikleri gibi çok cana yakın bir kızdı. Kadıköy'ün Fenerbahçe semtinde, Gülizar Sokakta oturuyorlardı. Kimseyi rahatsız etmeden, sakin ve huzurlu bir hayat sürüyorlardı. Göz açıp kapayıncaya kadar geçti yıllar.

Feza büyüdü, on iki yaşına geldi. Takvimler 2003 yılını gösteriyordu. Mehmet yirmi iki yaşında bir delikanlıydı artık. Arif Bey yaşlanıyordu. Babasının sağlık sorunları sebebiyle aksayan işlerin başına geçmesi ve Almanya'ya gitmesi gerekiyordu Mehmet'in. Artık orada kalacak, bütün seyahatlere kendi gidecek, nadiren Türkiye'ye gelebilecekti. Mehmet için biraz mecburiyet, biraz da macera vardı işin içinde. Yirmi iki yaşındaydı. Özgürlük ve bağımsızlık, hayata atılmak, gezip görmek için yanıp tutuştuğu ateşli gençlik çağındaydı yani. Büyük umutları vardı. Hem babasının işlerini büyütmek hem de bambaşka bir hayat kurmak istiyordu.

Kapıda şoför onu bekliyordu. Annesi ve babasıyla vedalaştı. Apartman merdivenlerinden aşağı inerken alt katlarında oturan Saadettin Amcasının evinden gelen alkış seslerini duydu. O gün Feza'nın doğum günü kutlanıyordu. Kapının önündeki ayakkabılara bakılırsa içeride 7-8 çocuk daha vardı. Ona çok sevimli görünmüştü bu manzara. Hem küçücük ayakkabılar hem de kapı önünde darmadağın durmaları... Orada ayakkabılar için bir dolap vardı halbuki. Çocukken kendisi de koymazdı ayakkabılarını dolaba. Paspasın üstünde bırakırdı. Almanya'da bu manzarayı görebilecek miydi acaba?

Saadettin Amca ve Gülseren Teyzesiyle vedalaşacaktı. Feza'nın doğum gününü de kutlardı. Sözü geçmişti doğum gününün ama aklından uçup gitmişti tabii. Bir hediye almamıştı, giderayak mahcuptu Feza'ya. Gülseren Hanım açtı kapıyı. Hemen arkasında utangaç, sevimli ve meraklı gözlerle kendisine bakan Feza vardı. Gülseren içeri davet etti. Girmedi Mehmet. Uçağa yetişmesi gerekiyordu. Meryem Hanımın telaşından vaktinde çıkamamıştı. Kapıda vedalaştılar. Saadettin evden çıkmış, kahvehaneye gitmişti. Çocukların gürültüsünden kaçmıştı.

Mehmet, Feza'nın doğum gününü kutladı, sarıldı, öptü. Ama böyle kuru kuruya olmazdı. Ona Almanya'dan nasıl bir hediye istediğini sordu. "iPod istiyorum Mali" dedi utana sıkıla. Mehmet'in tam adı Mehmet Ali'ydi. Fakat annesi ona çocukluğundan beri "Mali" diye seslenirdi. Mahallenin esnafı ve akrabalar onu "Mali" diye çağırırdı. Mehmet'in bu şekilde çağrılması Feza'nın çok hoşuna giderdi. Bu yüzden o da "Mali" diye seslendi hep. Feza'ya defalarca, "Bana Mali demeyeceksin, Mehmet Ağabey diyeceksin! Ben senden kaç yaş büyüğüm. Yakışıyor mu hiç senin gibi akıllı bir kıza!" demişse de Feza buna hiç aldırış etmemiş, hatta ayağını yere vurup, yumruklarını sıkarak, "Bana ne işte, bana ne! Mehmet Ağabey demeyeceğim sana. Sen benim ağabeyim değilsin, sen Mali'sin!" diye diretmiş, küsmüştü. Mehmet'se bir süre daha ısrar etmiş ama sonunda Feza'yı bu inadından vazgeçirtemeyeceğini anlayıp üstelemekten vazgeçmişti. Bu yüzden iPod isterken yine "Mali" diye hitap etmişti Mehmet'e. Zengin bir mahallede oturunca, çocuklar bile en yeni teknolojiden çabucak haberdar oluyordu. Gülümsedi ve istediği hediyeyi gönderme sözü vererek gitti Mehmet.

Almanya'ya iner inmez aldı hediyesini ve Türkiye'ye gönderdi. Aslında kendi vermek isterdi ama yakın zamanda geri dönüp dönemeyeceğini kestiremiyordu şimdilik. Madem Feza'ya söz vermişti, hiç bekletmeden göndermeliydi. Zaten Mehmet ona küçük hediyeler almayı çok severdi. Apartmana girer girmez önü kesilirdi küçük Feza tarafından. Cebinde onun için mutlaka bir çikolata bulundururdu. Ara sıra onu sinemaya götürürdü. Feza'nın dilediği kadar şımarabileceği günlerden biri olurdu o günler... Her istediği alınır, her dediği yapılırdı.

Zaman zaman sohbet ederlerdi. Feza, yaşından hiç beklenmeyecek sorular sorardı. Mehmet hiç bıkmadan, usanmadan her sorusunu yanıtlardı. Ne Feza çocuk gibiydi ne de Mehmet, ağabey gibi. İki arkadaş gibi birbirleriyle sırlarını bile paylaşırlardı. Feza'nın her derdini Mali'siyle paylaşması tam da o yaşlarda başlamış ve sonraya yayılan yıllarda da devam etmişti. Onlar birbirlerinin sırdaşı olmuşlardı...

***

Mehmet tam 3 yıl sonra dönebildi ülkesine. Feza on beş yaşındaydı. Son görüşmelerinden bu yana üç doğum günü daha olmuştu o evde. Feza, Mehmet'i karşısında görünce, teşekkürle sarılmıştı ona. Üç yıl önce gelen hediyesini unutmamıştı. Mehmet ona ara sıra hediye göndermişti ama ilkini hiç unutmamıştı. Feza kendisi için özel olan bir şeyi, bir davranışı, bir anı hiç unutmazdı. Tabii kendisi için özel bir insanı da.

Mehmet, uzun aradan sonra gördüğü için şaşırmıştı Feza'nın bu kadar çabuk büyümesine. Feza ergenlik dönemine girmiş, boyu uzamış ve incelmişti. Yüzünü kaplayan sivilcelere rağmen hâlâ çok güzel görünüyordu. Gülüşü hiç değişmemişti. Her zamanki gibi sıcacıktı.

Mahalledeki bütün akranlarından farklı bir kızdı Feza.

Onlardan daha akıllı, daha yetenekli ve daha gösterişliydi. Onu gören herkes, "Büyüyünce çok güzel ve zeki bir kız olacak" diyordu. Bakışlarından etrafa yansıyan zekâ pırıltıları, böyle bir intiba bırakıyordu görenlerde.

***

Mehmet'in babası Arif Bey, ağır kalp hastasıydı. 50'li yaşlarda olmasına rağmen iki ameliyat geçirmiş, beş damarı değişmişti. Meryem Hanım, çok üzgündü. Bakıcılarla birlikte kocasının sağlığıyla yakından ilgileniyor, iyi olması için dualar ediyordu. Kocası, hayat arkadaşı onun için çok önemliydi. Bugünkü zenginliklerini ve rahat yaşantılarını ona borçluydular. Gerçi şimdi işlerle oğlu ilgileniyordu ama yine de tek istediği sağlıktı Meryem'in.

"Keşke sağlığı yerinde olsaydı da yine Almanya'da olsaydı. Ara sıra görseydim. Önemli değildi" dedi Mehmet'e.

Mehmet annesinin elini tuttu ve nüktedan bir gülümsemeyle, "Babam ölmüş gibi konuşma anne. Vallahi seni de beni de gömer bu koca Arif" dedi ve sarıldı kadına.

Annesi zoraki bir gülümsemeyle cevap verdi. "Rabbim nefes versin ona."

Salonda derin bir sessizlik yaşanıyordu. Mehmet, annesinin yanağını öptü ve balkona çıktı. Biraz hava almak, ferahlamak istemişti. Aşağıda cıvıldaşan çocuklara baktı. Feza, sokakta arkadaşlarıyla şen şakrak eğleniyordu. Bir süre onları izledi. "Keşke tekrar çocuk olabilseydim.

Babam da o yaşlarımdaki babam olsaydı yine. Daha sıkı sarılır, hiç yanından ayrılmazdım" diye geçirdi içinden. Annesine belli etmemeye çalışsa da babasının kaderini tahmin edebiliyordu.

Dalgın gözlerle çocukları izlerken, Feza'nın kendisine bir şey gösterdiğini fark etti. Ne olduğunu merak etti elinde salladığı şeyin.

"Maliii, baaak" diyordu Feza.

Mehmet, Feza'nın elindekinin ne olduğunu anlayamadı bir süre. Biraz daha dikkatli baktı. "O nedir Feza?" diye seslendi.

Feza, eliyle, "Bir Dakika" işareti yaparak apartmana girdi. Koşar adımlarla Mehmetlerin katına çıktı. Bu sırada Mehmet çoktan kapıyı açmıştı bile.

Feza, elindekini uzatarak, "Bu senin bana gönderdiğin iPod Mali" dedi. Yüzünde hüzün vardı. Bu hüzün sesine de yansıyordu. Mehmet, cihazı eline alırken, Feza arkadaşlarına kızarcasına anlatıyordu: "Benim en sevdiğim hediyemdi o. Çok iyi korumuştum. Ama dün Didem elinden düşürdü ve kırdı. Çok üzgünüm Mali."

Mehmet, gülümseyerek ona sarıldı. "Üzülme küçüğüm. Birkaç gün sonra ben Almanya'ya geri dönüyorum. Sana yenisini gönderirim. Hem şimdi bunların daha iyileri çıktı" dedi.

Feza gülümseyen gözlerle yüzüne baktı Mehmet'in. "Gerçekten mi?" diye sordu bir çocuk şaşkınlığıyla.

"Gerçekten" dedi Mehmet.

Feza çok mutlu olmuştu. Bir sevinç çığlığıyla apartmanı inletti âdeta. Tekrar sarıldı. Ama sonra yeniden düştü yüzü.

Mehmet, "Ne oldu Feza? Daha az önce mutluydun" diye sordu.

"Evet" dedi Feza. "Mutluydum. Göndereceğin hediyeye seviniyordum ama birden gideceğin aklıma geldi. Üzüldüm."

Mehmet, yanaklarını okşadı Feza'nın. Yüzündeki sıcak gülümsemeyi kaybetmeden, "Sana söz veriyorum küçük kız" dedi. "Bir gün bir sebep beni buraya bağlayacak ve bir daha gitmeyeceğim o ülkeye. Sanırım o sebep de sen olacaksın çirkin şey!"

***

Takvimler 2013 yılının Mayıs ayını gösteriyordu. Bu süre içinde birkaç kez daha gelip gitmişti Mehmet. Ama son üç buçuk yıl işlerin biraz daha büyümesinden ötürü hiç uğrayamamıştı. Annesi ve babasıyla daha çok görüntülü konuşuyor, hemen hemen her gün telefonlaşıyorlardı.

Ama bir gün... Annesinden gelen bir telefon sonrası acil olarak ilk uçağa atlayıp Atatürk Havalimanı'na inivermişti. Çok üzgündü. Annesi telefonda babasının durumunun çok kötü olduğunu ve hemen gelmesi gerektiğini söylemişti. Kadıncağızın sesinden, babasının ölüm döşeğinde olduğunu sezmişti Mehmet. Zaten son görevini yerine getirmek için çağrıldığını da tahmin edebiliyordu içten içe. Yine de tersinin olmasını umuyordu.

Hastaneye gittiğinde babası hâlâ yoğun bakımdaydı. Doktorlar umutlu konuşmuyorlardı. O gün annesiyle birlikte hastanede kaldılar. O gün ve takip eden üç gün de... Üç gün sonra ise son nefesini verdi Arif Bey. Ölürken, oğlu ve karısı yanındaydı. Bir an bile elini bırakmadılar.

Çok seveni vardı Arif Beyin. Cenazesi oldukça kalabalıktı. Yorgunluktan ve üzüntüden ayakta duramayan Meryem Hanım, tekerlekli sandalye üzerinde kıldı kocasının cenaze namazını. Mehmet, defin işlemlerinden sonra saatlerce kaldı babasının mezarı başında. Toprağını okşadı, dualar etti ve onunla konuştu. Akşamüstü zorla alabildiler onu mezarlıktan. Eve geldiğinde bitkin ve yetimdi. Eve taziye için gelen akrabalara selam bile vermeden odasına kapandı. Sabaha kadar ağladı.

***

Arif Beyin ölümünün üzerinden bir hafta geçmişti. Meryem Hanım, yeni yeni kendine geliyordu. Her gün taziye için ziyaretçiler geliyor, onları Mehmet ağırlıyordu. Meryem Hanım dermansızdı hâlâ. Komşuları Saadettin ve Gülseren hep yanlarındaydı, onlar da çok üzgündü. Feza Ankara'daydı, orada üniversite okuyordu. Sınavları olduğu için ona özellikle haber verilmemişti. Çok üzülür, kolay kolay kendisini toparlayamazdı.

Mehmet, babasının kırkının çıkmasını bekleyecek ve sonra işinin başına dönecekti. Bu ağır ölüm havasından uzaklaşacaktı böylece. Babası Arif Bey de böyle yapardı sağlığında. Kim ölürse ölsün uzun yas tutmaz, dünya işlerini hiç ertelemez, boşlamazdı. Mehmet de öyle yapacaktı. Almanya'daki şirket, orada kurduğu hayat babasının mirasıydı. Ona dört elle sarılacak, en iyi şekilde sahip çıkacaktı. Babası da mutlaka böyle isterdi. Arkasından ağlayıp duran bir oğul değil, kendi hayatına sahip çıkan, yaşama dört elle sarılan bir oğul görmek isterdi gittiği yerde.

Meryem Hanım, oğlunun gitmesini istemiyordu. Arif Bey öldükten sonra iyiden iyiye yalnız kalmıştı. Konu komşu ve akrabalar onun yerini dolduramazdı. Annesini bu şekilde bırakıp gitmeye Mehmet'in de gönlü pek razı değildi ama o artık çok sıkılırdı buralardan. Almanya'ya alışmış, uzak ülkelere seyahatler onun için vazgeçilmez olmuştu. Doğup büyüdüğü bu yerler, babasının ölümünden sonra boğucu geliyordu ona. Nereye baksa babası gözünün önüne geliyor, hep onu hatırlıyordu.

***

Cenazenin üstünden üç hafta geçmişti. Taziye ziyaretine gelenler seyrelmişti, konu komşular ve yakındaki akrabalar uğruyordu eve. Meryem Hanım artık kendisine gelmişti. Hâlâ mahzundu, sessizdi, evde bir hizmetçileri olmasına rağmen elinden geldiğince mutfakta iş yapıyordu. Özellikle Mehmet'in sevdiği yemekleri... "Sen yakında gidersin, seni bir daha ne zaman görürüm belli olmaz. Bak ecel babanı aldı, beni ne zaman alacağı meçhul. Belki bir daha yiyemezsin bu yemekleri" diyordu. Aklına ölüm düşmüştü kadının. Bunları duymak, Mehmet'in gitmesini zorlaştırıyordu. "Biz daha çok görüşürüz anne, böyle şeyler söyleyip durma" diyordu Mehmet. "Ben burada kalamam, işimin başına dönmeliyim ama ara sıra gelirim tabii. Sen de ne zaman istersen kalkar gelirsin. Bilmediğin yerler değil ki. Hatta benimle gel sen, biraz yanımda kal. Buralardan uzaklaş" diyordu. Artık bunlar konuşulur olmuştu.

Cenazeden sonraki günler hep Arif Bey konuşulmuş, anılar anlatılmıştı. Şimdi ise hayata dönmüş, geleceği konuşuyorlardı. Mehmet gitmeye karar vermişti. Şirketten sık sık arıyorlardı. Günün yarısını telefonla ya da bilgisayar başında ekrandan konuşarak geçiriyor, annesi Meryem Hanım işlerinin ne kadar yoğun olduğunu görüyordu. Yine de Meryem Hanım, oğlunu hiç değilse biraz daha kalması için ikna etmeye çalışıyordu. Babasının yası sürüyordu, biraz kalsa, biraz ferahlasa, şehri gezip tozsa, belki fikri değişirdi. Mehmet ise ne de olsa yine geleceğini söylüyordu. İleride fikri değişirse kalırdı. Belki de Meryem Hanım yanına geldiğinde Almanya'da kalmak isteyecekti.

Mehmet, ertesi gün gidecekti. Uçakta yer ayırtmış, şirketinde çalışanlara haber vermişti. Ertesi günün programını konuşuyordu bilgisayar ekranı başında. Meryem Hanım ona çay ve kurabiye getirdi. Çocukken en sevdiği kurabiyelerdi bunlar. Mehmet'in görüşmesi bittiğinde yanına oturdu. Sessiz kaldı ve oğlunun soluklanmasını, dinlenmesini bekledi. Mehmet'i iyi tanırdı. İş konuşması yaparken mutsuz olduğunu görmüştü. Mehmet bunun farkında bile değildi. Besbelli alışmıştı bu duruma.

"Gitmeye kararlı mısın Mali?"

"Anne defalarca konuştuk bu konuyu."

"Üstüne gelmek istemiyorum ama ben çok yalnız kaldım be oğlum."

"Biliyorum anneciğim. Hadi gel seni de götüreyim oraya. Birlikte gidelim. Benim orada bir evim var nasılsa. Hem yalnız kalmazsın."

"Olmaz! Arif'imin hatıraları var bu evde. Onları bırakıp hiçbir yere gitmem ben!"

Bunları söylerken gözlerinden ince ince yaşlar süzülüyordu. Mehmet'inse kalbi sızladı. Haklıydı annesi. Orada hâlâ ayakta duran hatıraları bırakıp gidemezdi. Mehmet pencereye yaslandı ve hafif hafif yağmaya başlayan Mayıs yağmurlarına daldı. Üşütmeyen ama iyi ıslatan bir ilkbahar yağmuruydu. Etrafta telaşlı adımlarla kaçışan insanlar vardı. Annesi konuşmaya devam ediyordu: "Hem ne işim var benim orada? Babanın işleri çok iyiydi, yine de döndük geldik. Ben alışamadım oraya. İnsanları soğuk geldi bana. Bu yaştan sonra hiç alışamam. Zaten baban da yok. Sen de gençsin, gezip tozmak istersin. O ülkeden o ülkeye gidip duruyorsun. Orada hepten yalnız kalırım. Burada komşular var, akrabalar var."

"Haklısın anne. Sen kal tabii. Ben de sık sık gelirim.

Kalabildiğim kadar kalırım. Sen ara sıra gelir kalırsın yanımda."

"Oğlum, benim derdim yalnız kalmak değil ki. Burada komşular var, akrabalar var. Sen Arif'imin tek yadigârısın. Hem evladımsın hem emanetsin. Ben senin saadetini isterim. Almanya'ya gittin, kendi hayatını kurdun, işleri büyüttün, ama geldiğinden beri bakıyorum, işle ilgili konuşurken yüzün birden asılıyor, tadın kaçıyor. Baban da böyleydi. Ben dönelim, dedikçe olmaz diyordu. Sonunda döndük, Arif kendini buldu. Ondan sonra yine gitti, yılın yarısını orada geçiriyordu ama yuva burada kurulunca can sıkıntısını atmıştı. Her gelişinde yüzü gülerdi. Ben ondan diyorum oğlum. İstersen sen de baban gibi yap. Yuvanı burada kur."

Mehmet, giderek hızlanan yağmuru ve dışarıdaki telaşlı insanları izlerken, bir yandan annesinin söylediklerini düşünüyordu. Tam bu sırada yolun karşısına geçmeye çalışan yaşlı bir teyzeyi fark etti. Yaşlı teyze, aceleci sürücüler yüzünden bir türlü karşıya geçemiyordu. Derken, elinde tekerlekli bir valizle oradan geçmekte olan genç bir kız koluna girdi ve karşıya geçirdi yaşlı kadını. Teyze çok mutlu olmuştu. Genç kızı yanaklarından öptü. Genç kız saygıyla eğildi, yaşlı kadının elini öpüp başına koydu. Bu sahneyi gördükten sonra Mehmet hak verdi annesine. Gerçekten de bizim insanımız gibisi yoktu. Avrupa'da ya da dünyanın başka ülkelerinde böylesi bir durumla karşılaşmak neredeyse imkânsızdı.

Mehmet, bir yandan annesini dinleyip, öte yandan

olan biteni izlemeye devam ediyor, annesi hiç durmadan anlatmayı sürdürüyordu: "Hem bir kız bulursun burada, evlenir barklanırsın oğlum. Bak 32 yaşına geldin, hâlâ bir yuva kuramadın kendine."

Yarasına dokunmuştu bu sözler. Pencereden dışarıyı izlerken, aşkta yaşadığı hüsranlar geçti tek tek gözünün önünden. Bir görüşte âşık olabileceği, yüzünde ve kalbinde masumiyet taşıyan bir kızın bu zamana kadar neden hayatına girmediğini düşünüyordu. Yok muydu böyle bir kız dünyada? Gerçi Almanya'da sayıları giderek azalan, geleneklerine bağlı bir-iki aile kızıyla bu tip bir ilişkisi olmuştu ama tamamına erdirmek kısmet olmamıştı. Olmayınca da çok üstelememiş ve Allah'a havale etmişti. Hiç kimseyle gönül eğlendirmez, daldan dala konmazdı Mehmet. Her gün başka biriyle gününü gün eden tiplerden değildi. Bu meziyet ona babasının bir öğretisiydi. Babası ona hep, "Kimsenin günahına girme. Allah'tan her zaman hayırlı bir kısmet niyaz et. Hayırlın değilse kılını kıpırdatma ama hayırlınsa onun için kendinden bile vazgeç" demişti. Hiç unutmamıştı babasının sözlerini. Bu yüzden kendini Rabbine teslim etmiş, masum yüzlü, masum kalpli sevdiceğini bekliyordu. Bu yüzden seçilmiş bir yalnızlığı vardı.

Bir yandan bunları düşünüp bir yandan dışarıda olup bitenleri izlerken, yaşlı kadına yardım eden genç kızın apartmanın bahçe kapısından içeri girdiğini gördü Mehmet. Tanıdık bir yüzdü bu. Dahası, beklediği o masum yüzdü...

Mehmet, heyecanla camı açtı ve ona seslendi:

"Fezaaa!"

Feza, yağmurluğunun kapüşonunu çıkardı ve masum yüzüne düşen yağmur damlacıklarına aldırmadan başını kaldırıp, büyüleyici bir güzelliğe sahip gözlerini kırpıştırarak yukarı doğru baktı. Masum yüzüne mutlu bir gülümseme yerleşti. Yıllar hiç değiştirmemişti Mali'yi. Ama kendisi çok değişmişti. Feza artık, 22 yaşında bir genç kızdı. Yüzündeki sevimli ve çocuksu ifadeyi kaybetmeden genç kız edasına bürünmüş, uzun siyah saçları, esmer teni, büyüleyen güzelliğiyle herkesin tahmin ettiği gibi çok güzel bir kız olmuştu.

"Maliii!" diye karşılık verdi sevinçle.

Yıllar sonra sevdiği birini görmüş olmanın telaşı ve sevinciyle saplandı kaldı bahçe kapısında. Fakat yüzündeki sevinç, biraz da kederle karışıktı.

"Hadi ıslanma da gir içeri" dedi Mehmet.

Pencereyi kapattı ve annesine baktı Mehmet. Babasının ölümünden bu yana ilk defa yüzü gülüyordu. Bu mutlu gülümsemenin sebebini merak eden gözlerle baktı yüzüne annesi.

Mehmet, annesinin dizinin dibine çöktü, ellerini tuttu ve gözlerinin içine bakarak, "Vazgeçtim anne. Yarın gitmiyorum! Biraz daha kalacağım" dedi.

Meryem Hanım, şaşkınlıkla mutluluğun birbirine karıştığı o duyguyla baktı gözlerine oğlunun. Sesi titreyerek sordu:

"Doğru mu duydum oğlum? Gitmiyor musun gerçekten?" dedi.

Mehmet, koltukta oturan annesinin dizlerine başını koydu ve "Doğru duydun anneciğim, yarın gitmiyorum. Biraz daha kalacağım. Belki haklısındır" dedi.

Annesinin nefesi hızlanmıştı. Sarıldı oğluna sımsıkı. Sevinç gözyaşları akıyordu yanaklarından. Ama kafası da karışmıştı biraz... Az önce gitmemesi için oğlunu umutsuzca ikna etmeye çalışırken, oğlu saniyeler içinde fikir değiştirmişti. Gözyaşlarını silerken, bu fikir değişikliğinin sebebini soracak oldu. Tam bu sırada kapı çaldı.

Hizmetçinin kapıyı açmasına müsaade etmeden, koşar adımlarla kapıya gitti Mehmet. Kapıyı açar açmaz önce Feza'yı seyretti biraz ve sarıldı ona.

"Ne kadar büyümüş, ne kadar güzelleşmişsin" dedi Mehmet şaşkınlığını ve hayran bakışlarını gizlemeden.

Aynı sıcaklıkla karşılık verdi Feza. "Sen de hiç değişmemişsin Mali" dedi, sarılırken Mehmet'e. Sonra kederli bir ses tonuyla devam etti, "Şeyyy, ben Arif Amca için çok üzgünüm, hepimizin başı sağ olsun. Cenazeye gelemedim çünkü..."

Tam bu sırada Feza'nın sözünü kesti Mehmet: "Biliyorum biliyorum. Bunları içeride konuşalım mı?"

***

Feza ile beraber salona girdiler. İkisinin de yüzünde mutlu ama buruk bir gülümseme vardı. Meryem Hanım, fikir değişikliğinin sebebini anlar gibi oldu.

Çaylar eşliğinde üçlü bir konuşma başladı aralarında. Feza, neden cenazeye gelemediğini anlattı. "O günlerde sınavlarım vardı. Çok üzüleceğimi ve derslerimi etkileyeceğini bildikleri için bizimkiler bana haber vermemiş. Daha birkaç gün önce söylediler. Kalbim o kadar acıdı ki. Çok kızdım onlara."

Bunları anlatırken, baktığı yerlerde yangınlar çıkaran gözleri yaşlarla dolmuştu Feza'nın. Mehmet ona sarıldı, başını göğsüne bastırdı.

Üniversiteyi Ankara'da kazanmıştı Feza. Ortadoğu Teknik Üniversitesi Bilgisayar ve Öğretim Teknolojileri Eğitimi Bölümünde okumuştu. Son sınıfa kadar başarıyla okumuş, mezuniyet zamanı gelmişti. İlkokuldan üniversiteye kadar tüm masraflarını Arif Amcası üstlenmiş, onun eğitimi için hiçbir masraftan kaçınmamıştı. Bu yüzden çok şey borçluydu rahmetliye. Ölümünü sonradan duymak onu çok üzmüş, yine de hemen dönmek yerine kalan iki sınavına girmişti. Eğitimini bu kadar destekleyen Arif Amcası böyle isterdi mutlaka. Sınavlara moralsiz girmişti ama ikisi de çok iyi geçmişti. İkinci sınav biter bitmez doğru otobüs terminaline gitmişti.

Evin sokağına girdiğinde, karşıya geçmekte zorlanan yaşlı kadını görmüş ve içi cız etmişti. Yaşlı teyzeye yardım ettikten sonra Mehmet ona seslenince hem onu görmek, hem de başsağlığı dilemek için daha kendi evine girmeden onlara gitmişti. Mali'nin onu ölümün geride kalanlarda bıraktığı hüzünle değil de eski günlerdeki sıcaklığıyla karşılaması hem yüreğini ılıtmış hem de ona karşı hissettiği sevgiyi daha da pekiştirmişti.

***

Feza, geçen yıllar içinde neler yaşadığını, mahallede nelerin değiştiğini, Ankara'yı ve okulu bir çırpıda anlattı. Mehmet, gözlerini hiç ayırmadan onu dinliyordu. Nasıl da bu kadar çabuk büyümüş ve güzelleşmişti. Gerçi çocukluğu, hatta bebekliği bile çok güzeldi ama burada asıl etkili olan, yüzündeki masumiyetin ve saf güzelliğin Mehmet'in kalbine dokunmasıydı.

Her görenin dönüp bir kez daha bakabileceği bir güzelliğe sahipti Feza. Yüzünde ergenlik yıllarındaki sivilcelerden hiçbir iz yoktu. Onu en son o haliyle görmüştü Mehmet. Ama şimdi biçimli alınmış kaşlarının bakışlarına güçlü bir anlam katması, esmer teninin pürüzsüzlüğü, iri siyah gözlerinin dipsiz bir kuyu gibi insanı içine çekmesi, omuz başlarından beline kadar inan siyah saçları, bir şey anlatırken havada kavisler çizen ince uzun parmakları, değme mankenlere taş çıkartacak fiziği ve uzun boyuyla akıl almaz bir efsane gibiydi... Hangi arada bu kadar güzel bir kuğuya dönüşmüştü ki bu kız?

"Sen ne zaman dönüyorsun Almanya'ya" diye sordu Feza.

Mehmet tam cevap verecekken annesi girdi araya: "Almanya'ya hemen gitmiyor. Mali, bir süre daha bizimle" dedi.

"Ay çok sevindim buna!" dedi Feza.

Mehmet'in cevabı imalıydı: "Benden daha çok sevinemezsin."

Uzun zamandır Mehmet'i bu kadar heyecanlandıran bir şey olmamıştı. Kalbinin atışlarını beyninin içinde duyabiliyordu. Çok değerli bir tabloyu seyreder gibi bakıyordu Feza'ya. Yüreğinin derinliklerinde hissettiği baba acısının üstünü örten bir duygu kaplamıştı içini. Sanki kurtulmak için yıllardır bekleyip durduğu kuyudan, bir el onu çekip çıkarıyordu usulca. İşte tam karşısındaydı o elin sahibi. Bebekliğini tıpkı bugün gibi hatırladığı o küçük kız büyümüş ve kalbinin tam ortasına oturmuştu Mehmet'in. Bunu o zamanlar nereden bilecekti. Hayat ne garipti...

Feza, anlatmaya devam ediyordu. Mehmet'se artık onu duymuyordu. Yüzündeki güzelliği seyrederken dalıp gitmişti. Bir ara "Öyle değil mi?" diye sordu Feza.

İrkildi Mehmet. "Ne öyle değil mi?" diye sordu Feza'ya. Panikledi bir an. Sonra hemen kendine geldi. "Özür dilerim, dalmışım" dedi utanarak.

Feza, onun dalgınlığını baba acısına verdi. Ama derin gözlerle izlendiğini fark ediyordu.

Meryem Hanım, "Çayın bittiyse yenilesinler kızım" dedi.

Mehmet, o ana kadar unutmuş olduğu varlığını hatırladı annesinin. Feza, ayağa kalktı.

"Teşekkür ederim Meryem Teyze. Müsaadenizle ben

artık gideyim. Daha bizimkiler geldiğimi görmedi bile. Tekrar başınız sağ olsun" dedi.

Mehmet, kapıya kadar eşlik etti. Feza çıkarken, "Yarın işin yoksa seninle Arif Amcanın mezarına gidebilir miyiz Mali?" diye sordu.

Gülümsedi Mehmet. "Tabii ki gideriz. Senin duana ihtiyacı var babamın. Seni ne kadar sevdiğini bilirsin" dedi.

Feza, "Evet biliyorum. Kızı gibi severdi beni. Ben de onu babamdan ayırmazdım. İki babam, bir ağabeyim vardı benim" dedi.

Son sözü kalbini acıtmıştı Mehmet'in...

***

Mehmet ve Feza, Arif Beyin mezarı başındaydı. Yan yana dua ettiler. Sonra Mehmet biraz geri çekildi, onları yalnız bırakmak istercesine... Feza mezar taşını okşuyor ve konuşuyordu Arif Amcasıyla. Mehmet onu uzaktan izliyordu. Rüzgâr, Feza'nın eşarbını havalandırıyordu. Siyah gözlüklerinin ardına sakladığı hüzün yanaklarından akıyordu.

Ağır adımlarla ayrıldılar mezarlıktan. Mehmet'in Jeep'ine bindiklerinde ikisi de konuşmuyordu. Arabadaki ağır sessizliği Mehmet bozdu.

"Ee, mezun oluyorsun. Ne yapmayı düşünüyorsun şimdi, işin hazır mı?"

Belli ki ortamdaki kasveti değiştirmek için sorulan bir soruydu. Feza dalgındı. Az önce yaşadığı derin duygunun içinden sıyrılamıyordu kolayca. Gözlerini yoldan ayırmadan cevap verdi.

"Dün akşam babam da sordu bunu. İnan ki ne yapacağımı bilmiyorum Mali. ODTÜ'den mezun olanlara iş kendi gelir, derler ama daha bana iş teklifi falan gelmedi. Biraz dinlenip, bazı şirketlere CV göndereceğim."

Mehmet, birdenbire aklına parlak bir fikir gelmişçesine atıldı. "Biliyorsun bizim şirketimiz var. Zaten ben yönetiyordum. Babamdan bana miras olarak kaldı. Eğer iş falan bulamazsan bizim şirkette çalışabilirsin. ODTÜ mezunu birini şirketimizde görmek bize gurur verir." Mehmet'in bakkal dükkânıymışçasına söz ettiği, yüzlerce kişinin çalıştığı devasa bir şirketti. Mehmet'in bu servetten bakkal dükkânı gibi söz etmesini, gayet olağan karşıladı Feza. Ailenin ne kadar mütevazı olduğunu, paranın hiçbir zaman bu aileyi şımartmadığını, varlığın verdiği güçle yoksulları ezmenin kitaplarında yazmadığını biliyordu. Hiç şaşırmadı. Ancak, iş hayatına torpilli biri olarak girmek istemiyordu. Mehmet'in teklifini kibarca geri çevirecekti.

"Çok iyisin, sağ ol Mali. Zaten bize fazlasıyla destek oldunuz. Bunca yıl beni okutup bugünlere getirdiniz. Elbette sizin şirketinizde çalışıp bunun karşılığını vermek isterim ama ben o makamı hak eden başka birinin hakkına girmek istemem."

Bu yanıt pek hoşuna gitmedi Mehmet'in. Ne olursa olsun

Feza'yı yakınında tutmak istiyordu. "Bak Feza, sen aileden birisin. Bu şirket bana babamdan kaldı. Yani bir aile şirketi bu... Bu şirkette çalışma işini bir lütuf ya da ayrıcalık olarak değil, bir gelenek olarak görmeni isterim."

Teklifi reddetmekte kararlıydı Feza. "Yine de torpilli biri olarak çalışmayı kendime yediremem. Teşekkür ederim."

Feza'nın kararlılığı Mehmet'i zora sokmuştu. "İstersen bu konuyu yemek yerken konuşalım? Acıkmışsındır sen. Ben de acıktım. Şu yakınlarda bildiğim bir yer var. Gidelim mi, ne dersin?"

***

Masada karşılıklı oturuyorlardı. Mönüyü incelerken hayatında ilk defa geldiği böylesine lüks bir restoranda ne kadar eğreti durduğunu düşündü Feza. Hiç ait değildi buraya.

"Ne yiyeceğini seçtin mi?" diye sordu Mehmet. "Birazdan zangoç gibi dikilir başımıza garson."

Feza, Mehmet'e eğilerek fısıldadı: "Mali, adını telaffuz bile edemeyeceğim yemekler var bu listede. Ayrıca en ucuz yemek benim bursum kadar. Şöyle daha öğrenci işi bir yere gidemez miydik?"

Babasının ölümünden bu yana ilk defa içtenlikle güldü Mehmet. Hem gülüyor hem de masadan kalkmaya hazırlanıyordu.

On dakika sonra bir büfenin önündeydiler. Etraftaki herkes Feza'ya bakıyordu. Haklılardı. Öyle bir güzelliği kim görse kendini bakmaktan alamazdı. Kıskandı Mehmet. Ona bakanlara kızgın bakışlar fırlattı.

"Hah şöyle yahu! Gözünü sevdiğimin hamburgeri neyimize yetmiyor" dedi Feza.

Mehmet, bir yandan ayranını açmaya çalışıyor, diğer yandan Feza'ya cevap veriyordu. "Senin, daha dün tezkere almış asker kıvamında olduğunu unutmuşum Fezacığım, kusura bakma. İşin garip yanı ne biliyor musun? Sen okul hayatını artık geride bırakacağına, ben senin öğrencilik hayatına ayak uyduruyorum."

Feza, iştahlı iştahlı hamburgerini yerken, ağzı dolu cevap verdi: "Bizim en kral yemeğimiz buydu bi kere. Bunun bir tık ötesi Adana kebaptı ama onu da Koray yemezdi."

Son cümlesinden sonra bir an duraksadı Feza. Büyüklerinin yanında söylememesi gereken, ayıp kaçacak bir şeyi ağzından kaçırmış gibi hissetti kendini. Mehmet de duraksadı bir an.

"Koray mı?" dedi. "Koray kim?"

Feza, "Şeyy... Koray mı? Okuldan bir arkadaş" dedi tedirgince. Yüzünde, özel hayatındaki özel insanı aileden birine deşifre etmiş olmanın utancı ve tedirginliği vardı.

Kafası allak bullak oldu Mehmet'in. Ağzını peçeteyle sildi ve Feza ile göz göze gelmeden sordu: "Gidelim mi?"

Tam bu sırada cep telefonu çaldı Feza'nın. Arayan numaraya bir fotoğraf atamıştı Feza. Koray'ın fotoğrafıydı bu. Mehmet kısmen gördü o fotoğrafı. Görebildiği kadarıyla çok yakışıklı bir çocuktu. Üstünde bir şeyler yazıyordu fotoğrafın. Okuyamadı. Feza, telefonu sessize alıp cebine koymuştu. O fotoğrafın üstünde yazan ve Mali'nin okuyamadığı söz ise şuydu: "Daha el ele tutuşmadan kalbimi tutuşturan adam." Onu öyle kaydetmişti.

İkinci Bölüm

Koray ile okulun ikinci yılında tanışmışlardı. Ailesi Ankara'da yaşıyordu. Koray göçebe gibi bir hayat sürerdi. Hem aile evinde hem arkadaşlarında kalırdı. Çalacak kırk kapısı, yatacak çok yeri vardı. Ele avuca sığmaz, uçarı bir delikanlıydı. Bazen yurtta arkadaşlarının yanında kalır, yurt görevlileri onu tanır, kalmasına ses çıkarmazlardı. Okul ormanına çadır bile kurmuştu. Ne zaman nerede olacağı ve ne zaman ne yapacağı hiç belli olmazdı. Feza onu okulda çok görmüş, tavırlarıyla dikkatini çekmişti bu uçarı çocuk.

Tiyatro festivalinde, ODTÜ Tiyatro Topluluğunun oyuncularından biri olarak sahnede izlemiş ve çok beğenmişti. Küçük bir rolü vardı ama çok etkileyici, akılda kalıcıydı. Oyundan sonra herkes Koray'ı özellikle tebrik etmişti. Tiyatro festivalinde, her oyunun ardından salonun bahçesinde toplanır, oyunu konuşurlardı. Bu etkinlik hem çok zevkli hem de tiyatro meraklıları için çok ufuk açıcı olurdu. ODTÜ Tiyatro Topluluğu, üniversitenin gurur kaynaklarından biriydi. Her oyunları merakla beklenir, ilgiyle izlenir ve ses getirirdi. O yılın festivalinde en büyük kalabalık ODTÜ'nün oyunu sonrasında toplanmıştı. Festivale gelen diğer üniversitelerin tiyatro oyuncuları da mutlaka katılırdı bu sohbete. Daha çok onlar konuşur, birbirlerini hem takdir eder hem eleştirirlerdi. Oyunu uzun uzadıya ayakta alkışlamışlar, onları tekrar tekrar sahneye çağırmışlardı. Sonra salonun bahçesine oturup heyecanla onları beklemişlerdi. Feza da özellikle Koray'ı beklemişti. Muhtemelen başka kızlar gibi!

Feza onu ilk tebrik edenlerden biriydi. Koray'ı bir de yakından görmek, elini sıkmak, dokunmak istemişti. Koray oyunun heyecanına o kadar kapılmıştı ki, onu fark etmemişti bile. Tebrik ederek elini sıkanlara nasıl karşılık verdiyse, ona da öyle karşılık vermişti: "Sağ olun hocam."

Hâlâ oyunu yaşıyordu besbelli. Çünkü Feza ne kadar güzel olduğunu bilirdi. Sokakta yürürken insanlar bakıp kalırdı, alışmıştı buna. Amfiye girdiğinde herkes ona bakar, kantinde otururken bakışlar üzerinde olurdu. Kızlar bile ona bakardı. Bazen öğretim üyeleri güzelliğine dalıp ona bakarak ders anlatır, birden kendilerine gelirler ve başlarını çevirirken seslerini yükseltirlerdi. Feza, buna benzer bir davranışa her rastladığında gülümserdi. Elini sıkarken Koray'ın gözlerinin içine bakmıştı. Güzelliğini fark etmemesine değil, hâlâ oyunu yaşıyor olmasına şaşırmıştı Feza. Başka bir dünyadan gelmiş gibiydi Koray. Her an geri dönecek gibiydi. Koray ile birlikte geçen vakitlerinde sık sık bu hisse kapılırdı.

O gece oyundan sonra bahçede tiyatro sohbetini izlerken, gözü hep Koray'daydı. Onun da söz almasını, konuşmasını beklemişti. Onu sahnede görmüştü, kendi halinde nasıl biri olduğunu merak etmişti. Koray konuşurken Türkçeyi ne kadar iyi kullandığını fark etti Feza. Belli ki iyi bir hatipti. Kendini hayranlıkla dinletiyordu. O konuşunca bütün kızlar pür dikkat onu dinliyor ve anlattıklarından çok etkileniyorlardı. "Bu dünyada babana bile güvenmeyeceksin lafının karizması, denize düştüğünde yılana sarıldığın an biter" dediğini duydu. Feza'nın çok hoşuna gitmişti söyledikleri. Kendine has bir dünya görüşü ve felsefesi vardı Koray'ın. "İnsanlar kendine benzemeyenleri sevmez" diyordu. "Kahkahası gürültülü insanların sessiz gözyaşları vardır" diyordu ve bunu söyledikten sonra bir kahkaha fırlatıyordu. Her sözünde ve her davranışında bir mesaj vardı sanki. Feza, onu daha iyi tanımak için dikkatle dinliyor, kendine göre çıkarımlar yapıyordu. Kadınlarla ilgili bir yorumunda, "Kadınların geneli kendini tanımaya çalışmaktansa, erkeklerin onlara olan iltifatlarındaki gibi olduklarına inanmayı seçerler" demişti. Ne kadar da haklıydı.

Bir yandan Koray'ı dinliyor, diğer yandan da defterine notlar alıyordu Feza. "Dünya çok değişti. Artık dürüst olmak cesaret gerektiriyor" dediğinde, bunu hemen not almıştı. Konu aşka geldiğindeyse daha dikkatli dinlemeye başlamıştı. Çarpıcı tespitleri vardı Koray'ın:

"Aşkla ilk tanışmanda bilmediğin bir heyecan içinde bildiğin duyguları ararsın ve bunu aşk sanırsın. Ama tecrübelendikçe işler tersine döner ve sen bildiğin bir duyguda bilmediğin bir şey aramaya başlarsın ve bunun gerçek aşk olduğunu bilirsin.", "Umutların gerçeğe dönüşebilme ihtimali, hayallerimizle gerçeklerimiz arasındaki uyumun gerçekliğine göre değişir", "Bir gün çekip gitmeyeceğini garanti altına aldıktan sonra herkes sever ama emniyet kemerli aşklar gerçek aşk olamazlar", "Aşk, iki kişinin kendini aradan çıkararak biz olma halidir", "Aşk, bir gün söneceğini bildiğin bir yangını başlatmaktır", "Aşk, o vitrinde görüp de sahip olmak istediğin elbiseye benzer. Ama vitrinde başka durur, sende başka", "Yaran ne kadar derinse şarkılar ve şiirler de o denli işler içine. Sığ yaranın derinliği de olmaz", "Birlikteyken değerimiz vardır. Bir madeni paranın iki ayrı yüzü gibi; birlikte ama ayrı."

Bunlar, Koray konuşurken Feza'nın not aldığı sözleriydi. Ona karşı hayranlığı giderek artıyordu. Tabii diğer kızların da... Kimi gerçekten anlıyordu, kimi de anlıyormuş gibi yapıyordu. Nüktedan tavırları vardı Koray'ın. Bir tespitinde, "Beni ben olarak kabullenemediği için değiştirmeye çalışarak sevmeye kalkışan, başaramayınca da terk edip gidene sadece 'piç' derim" diyordu.

Konu yazan insanlara gelince, Rus edebiyatına olan hayranlığını da gizlemiyordu... "Kimi kendini anlatmak, kimi de kendini gizlemek için yazar" diyordu ve espriyi patlatıyordu ardından: "Aslında, Rus yazarların ve şairlerin başarısı Rus kadınlarının güzelliğinden geliyor. Zaten bizdeki bu eksik yüzünden bizim mahalleden hiç şair-yazar çıkmıyor!" Özellikle erkekler bu tespiti çok alkışladı. Kızlarsa burun kıvırarak dinledi.

Kızlardan biri, "Peki siz aradığınız aşkı bulabildiniz mi?" diye sorunca, cevabı yapıştırdı Koray: "Allah, sevdiği kuluna önce eşeğini kaybettirir sonra buldururmuş. Rabbim beni çok seviyor herhalde ki yıllardır o eşeği bir türlü buldurmadı." Bu cevaba soruyu soran kız dahil herkes gülerken Koray Feza'ya göz kırpıyordu.

Konuşmasını tamamlayınca, tiyatro sohbetini ağzında sigarasıyla dinlemeye başlamış, yerden iki parmak kalınlığında bir tahtayı eline almış, cebinden çakı çıkarıp onu ince ince yontmuş, sonra yere atmıştı Koray. Belirli bir biçim vermemişti ona, oynamıştı, o kadar. Öte yandan bir heykeltıraş gibi dikkatle yontmuştu odunu. Feza ellerini nasıl kullandığına çok dikkatli bakmıştı. Becerikli ve incelikliydi elleri.

Koray zeki biriydi ve yaramaz bir çocuk gibiydi. Uçarı ve haşarı bir çocuk... Üstelik çok yakışıklıydı. Hemen dikkat çeken özelliği buydu. Onu tanımayanlar şımarık olduğunu sanabilirdi uzaktan bakınca. Yakından tanıyanlar masum bir çocuk bulurdu içinde. Zeki ve patavatsız biriydi Koray. Ağzında bakla ıslanmazdı, kalbinde ne varsa dilinde o vardı. Bu yüzden ona kızan çok olurdu. İnsanın yüzüne pat diye söyleyiverirdi her şeyi. Bazıları çok bozulurdu.

Ankara'da öğrenciler genellikle aynı mekânlara gittiğinden, Feza şehirde vakit geçirirken de ona birkaç kere rastlamıştı. Selam verip geçmişlerdi birbirlerine. ODTÜ öğrencileri birbirlerini tanımasa da, göz aşinalığı varsa selamlaşır ve ille de "hocam" diyerek hitap ederlerdi birbirlerine.

***

Bir hafta sonu Milli Kütüphanede karşılaşmışlardı. Cumartesi ve özellikle pazar günleri kalabalık olurdu orası. Üniversite öğrencilerinin vazgeçilmez mekânlarından biriydi Milli Kütüphane. Üstelik yalnızca inekler gelmezdi. Kantinde sohbet alır başını giderdi genellikle. Salonlarda ders çalışanlar mola verip kantine iner, orada ya arkadaşına rastlar ya da bir arkadaş bulur, sohbete koyulurdu. Zamanın yarısını kantinde sohbet ederek geçiren çoktu. Tabii piyasa yapmaya gelenler de olurdu! Ayrı yerlerde kalan, ayrı bölümlerde okuyan arkadaşların hem ders çalışıp hem birlikte vakit geçirmesi için ideal bir yerdi Milli Kütüphane.

Hafta sonları, girişinde kuyruk olurdu. Feza, kuyruğa girdiğinde Koray'ı iki arkadaşıyla hararetli bir konuşma içinde görmüştü. Aralarında üç beş kişi vardı. Milli Kütüphane hep sessiz olurdu. Aralarında yüksek sesle konuştukları için işitebiliyordu onları. Müzik konuşuyorlardı. Koray'ın yalnızca tiyatro değil, müzikle de ilgilendiğini sandı.

Koray, arkadaşlarıyla konuşurken ara sıra Feza'ya bakıyor, muzipçe gülümsüyordu, ancak o kadar belirsizdi ki bu, emin olamamıştı... Sonra, onu izlerken kendisinin de gülümsediğini fark etti. Sanki onlar her ne konuşuyorsa tümünü duyuyor ve onlarla birlikte gülümsüyordu. Çünkü çok eğleniyor, kıkır kıkır gülüyorlardı.

Koray ve iki arkadaşı kimlik verip kart aldı, kapıdan geçti. Sıra Feza'ya gelince, o da kimlik bıraktı ve kart aldı. Milli Kütüphanede birkaç salon vardı. Feza salona gittiğinde Koray'ın da orada olduğunu gördü. Önündeki sıranın pencere tarafındaki son kısımda oturuyordu. Feza yerine oturdu, kitabını açtı ve okumaya başladı. Ara sıra gözlerini kitaptan ayırıp Koray'a bakıyordu. Bunlardan birinde, Koray'ın da kendisine baktığını gördü. Koray gülümsedi ve başını çevirdi, önüne baktı. Feza da gülümsedi. Ondan sonra aklı Koray'da kaldı. Gözleri satırlarda kayıyor, sayfaları çeviriyor ama kitabı okumuyordu. Böyle birkaç sayfa geçti. Salonun sessizliğinde çevrilen sayfalarının, defterlerde gezinen kalemlerin hışırtısı bile duyuluyordu.

Bir cep telefonu çalmaya başlayınca, salonda bulunan herkes dönüp sinyal sesinin geldiği yere baktı. Koray, elinde cep telefonuyla ayağa kalktı. Telefonda "Ankara'nın bağları" melodisi çalıyordu. "Herkesten özür diliyorum. Lütfen devam edin. Beni arıyorlar" dedi ve elinde cep telefonuyla salondan çıktı. Bazıları kıs kıs güldü, bazıları cık cık etti, yine sessizliğe geri dönüldü. Koray'ın iki arkadaşı da peşinden çıktı salondan. Feza'nın konsantresi dağılmıştı, içinden kıs kıs gülüyordu. Kitabı kapadı, çantasını yanına aldı ve o da kantine gitti.

***

Koray, kantinde cep telefonuyla konuşuyordu. Arkadaşlarından biri yanında, diğeri de kuyruktaydı. Feza kuyruğa girdi, meyve suyu ve hamburger aldı. Büfe o kadar kalabalıktı ki, kasa kuyruğu olmasına rağmen siparişi verip fişi aldıktan sonrası da karışıktı. Siparişini bekleyenler, alanlar büfenin önünde yığılmıştı. Bir kargaşa vardı büfenin arkasında. Çalışanların iki ayağı bir pabuca girmiş, siparişler birbirine karışmıştı. Büfede, lise çağında tıfıl bir çocuk vardı. Yardım etmek için büfeye geçmiş ama her şeyi o karıştırmıştı. Telaşa kapılmış, alelacele durumu düzeltmeye çalışıyordu. Feza'ya bir tepsi verdi, "Bu sizinki" dedi ve başını eğdi. Dolaptan bir şeyler alıyordu. Tepside meyve suyu ve çizburgerin yanında tost ve gazoz da vardı.

Feza, büfeye abanarak, "Bu tepsi benim değil. Ben çizburger değil, hamburger istedim. Bu tostla gazoz benim değil" dedi iki kere ama onu duyan yoktu.

Bu sırada Koray'ı yanında gördü. "Yanlış değil hocam. Kuantum çarpsın ki onlar benim" dedi. Koray tepsiyi aldı. Feza'ya göz kırptı. "Hocam, o çizburgerin peynirini bana verirsen hamburger olur. Sorun çözülür" dedi. Elinde tepsiyle gitti. Feza neye uğradığını şaşırmış, mecburen Koray'ın peşinden gitmişti.

"Şey, ben çizburger ve meyve suyumu alabilir miyim?" dedi.

Koray, "Seninki hamburgerdi hocam. Sen şu meyve suyunu hemen al. Çizburgerin peynirini çıkarıp yanlışlığı düzelteyim, hamburgerini de vereceğim" dedi.

Feza, şaka yaptığını sanmıştı. Meyve suyunu alınca, Koray yürümeye devam etti. Arkadaşlarının yanına gitti. Tepsiyi yüksek sehpaya koydu. Çizburgerin hamur kısmını kaldırdı, hamburger köftesinin üstündeki erimiş peyniri ucundan tutup kaldırdı. Bir yandan da durumu arkadaşlarına açıklıyordu. Feza, elinde meyve suyuyla yanına gelmiş, onu izliyordu.

"Ne yapıyorsun ya?"

"Hamburger operasyonu hocam. Cerrah değilim ama elim yatkındır. Süper karagöz oynatırım."

"Boşver sen, ver onu bana. Çizburger olsun, fark etmez."

Koray, "Aaa, şimdi mi söylenir ya? Niye büfede söylemiyorsun?" dedi.

Feza, "Fırsat verdin mi sanki!" dedi. Çizburgeri aldı.

Koray hemen, "Buyurun beraber olsun hocam" dedi.

Koray çok sevimliydi. Şakacıydı, zeki ve espriliydi ama Feza'ya kur yaptığı da belliydi. Bunu çok ince yapıyordu. Feza'nın hoşuna gitmişti bu. Yaklaşımı açık bir davetti. Feza yanında kalmak istedi. Feza ve Koray tanışıp tokalaştı. Feza onu sahnede izlediğini söyledi. Koray hatırlıyordu Feza'yı. Kendisini tebrik ettiğini ve oyundan sonra tartışma sohbetini izleyenler arasında olduğunu da hatırlıyordu.

Festivalle ilgili biraz konuştular. Koray'ın arkadaşı Tuncay müzik festivaline de katılacaklarını söyledi.

Koray, "Ben yokum hocam" dedi.

Tuncay elektro gitar, Fatih bas gitar çalıyordu. Bir baterist bulmuşlar ve Trash Metal topluluğu kurmuşlardı. En sert Rock tarzıydı. Bir vokalist arıyorlar, Koray'ı ikna etmeye çalışıyorlardı. Çünkü acil vokaliste ihtiyaçları vardı. Hacettepe Tıp Fakültesinin salonunda bir günlük seri konserler verilecekti. Tuncay ve Fatih başvurmuş ve kabul edilmişti, fakat müzik topluluğu aslında yoktu. Okuldan hemen bir baterist bulmuşlardı ama vokalist bulunmuyordu. Konser salı akşamıydı. İki günleri vardı. Feza'ya da teklif ettiler. Feza güldü.

"Ben kim vokal yapmak kim! Deli misiniz siz?" dedi.

Koray, "Hem de iki gün sonra sahneye çıkacaksın. Üstelik Trash Metal" dedi gülerek.

Tuncay, "Trash Metal vokali zor değildir. Böğürsen bile yeter. Zaten konserde ses değil, sahne performansı önemli" dedi. "Koray'ı ondan istiyoruz. Zaten tiyatrocu, sahneye çıkıyor. Yakışıklı, fiziği iyi... Seyirciyi bir kez ayağa kaldırsın yeter. Gerisi önemli değil."

Feza, "Olur mu hocam ya? O kadar basit mi?" dedi.

Fatih, "Senfoni orkestrası değiliz hocam. Seyirciler sarhoş gelir zaten" dedi.

Tuncay, "Sen de çok güzelsin Feza. Fiziğin de süper. Kadın vokal çok değişik olur. Yapamaz mısın hocam ya?" dedi.

Feza önce bunu şaka sandı ama Fatih, "Hakikaten süper olur. Sen vokalist olsana" deyince, ciddi olduklarını ama ciddiye alınamayacaklarını anladı.

"Siz neden ille de katılmak istiyorsunuz?" diye sordu.

Tuncay, "Macera hocam" dedi.

Feza, "Bence o maceraya hiç girmeyin, rezil olursunuz" dedi.

Koray, "Zaten onu istiyorlar" dedi.

Tuncay ve Fatih gerçekten bunu istiyorlardı. Baterist İstemi'ye de açık açık söylemişlerdi bunu. Bütün arkadaşlarına haber vermişlerdi. Hepsi gelip izleyecekti.

Feza, "Ben de gelirim" dedi gülerek.

İşin aslı şuydu: Tuncay ve Fatih, Rock barda iki kızla tanışmış, onlara Rock toplulukları olduğunu söylemişti. Kızlar Hacettepe Tıp Fakültesinde okuyorlardı. İkisi müzik kulübü üyesiydi, salonda konser verecek toplulukları onlar seçiyordu. Tuncay ve Fatih o akşam kızları ikna etmeyi başarmış, konser için adlarını yazdırmışlardı. Tuncay, internetten bulduğu amatör kayıtları kendi şarkıları olarak vermişti iki kıza. Böylece kızlarla teması sürdürmüş, konseri kesinleştirmişti. Baterist de tamamdı, bir de vokalist bulurlarsa Hacettepe'nin salonunu sallayacaklardı. Tuncay ve Fatih bunları anlatırken Feza kıkır kıkır gülmüştü. "Kesinlikle izlemek istiyorum" dedi.

Tuncay, "Aman hocam, sakın kaçırma. Çünkü ilk ve son konserimiz olacak. Hatta bizim için video kayıt yaparsan çok memnun oluruz" dedi.

Feza, "Yaparım" dedi.

"Tabii Vokalist olursan daha çok memnun oluruz. İstersen biraz düşün."

"Yok hocam, ben onu almayayım. Alana da mani olmayayım."

"Bizde teklif var, ısrar yok hocam. En kötü ihtimal, Koray'ı ikna ederiz."

***

Nitekim bundan sonra Koray'ı ikna etmeleri zor olmadı. Feza, kantinde onlarla sohbet ederken çok eğlenmişti. Koray'ı ve çılgın arkadaşlarını sevmişti. Ders çalışmak üzere salona döndü, onlar kaldı. Koray'a, "Kızı senin için konsere gelmeye ikna ettik. Sen de artık bir gecelik vokalist olursun" dediler ve biraz dil dökerek onu da ikna ettiler. Feza'nın telefonunu alacak, bağlantıyı onlar kuracaktı. Kantinde anlaştıktan sonra salona çıktılar. Tuncay, bir kâğıda telefon numaralarını yazdı. Feza'nın yanına gitti ve kâğıdı önüne koydu.

Kulağına fısıldayarak, "Sayende Koray'ı ikna ettik. Vokalist de tamam hocam. Mutlaka gel. Kayıt yap" dedi.

Feza, "Tamam, geleceğim" dedi.

Tuncay, yerine döndükten sonra Feza telefon numaralarını kaydetti. Koray'ın vokal yapmak için onlarla sahneye çıkmayı kabul etmesinde, kendisinin kayıt için konsere gelme sözünün payı olduğunu tahmin etmişti. Aklı Koray'a gitmiş, ders konsantresi dağılmıştı. Gözleri kitabın satırlarında geziyor ama ne okuduğunu bilmiyordu. Sonunda kitabı kapadı ve Koray'a mesaj attı: "Hayırlı olsun hocam. Zevkle izleyeceğim. Hayatımın video kaydı olacak. YouTube'da paylaşmama izin var mı?"

Koray'dan hemen yanıt geldi: "Videoya kaydetmesen de olur :) Gel yeter."

***

Tuncay ve Fatih ev arkadaşıydı. Koray da onlarla gidecekti. Milli Kütüphaneden çıkıp, alelacele birer sigara yaktılar ve Feza'yı öğrenci evlerine davet ettiler. Koray'ın Feza'dan o ana kadar aldığı tek eksi puan sigara içmesiydi. "İstersen gel. Bir oda boş" dediler. Feza yurda dönecekti, teşekkür etti. Görüşmek üzere, diyerek gittiler. Koray'ın bakışlarındaki pırıltı Feza'nın içine işlemişti. Bu pırıltı onu her görüşünde biraz daha güçlendi.

Feza, yurda döndüğünde arkadaşlarına Koray'la tanıştığını ve salı akşamı konsere katılacaklarını duyurdu. Rezil olmak için sahneye çıkacaklarını ve üç parçalık mini konserlerini kendisinin de videoya kaydedeceğini söyledi. Feza bu maceranın bir Rock barda nasıl başladığını anlatırken kızlar kahkaha atarak dinliyordu. Onlar da konsere gitmeye karar verdi.

Aynı saatlerde Tuncay ve Fatih, öğrenci evlerinde makara

yapıyorlar ve Koray'ı iki gün hiçbir yere bırakmayacaklarını söylüyorlardı. Baterist İstemi'ye haber verdiler. İstemi bir saat sonra elinde trampet, sırtında bir zil ve iki bagetle geldi. Hadiseyi çok ciddiye almıştı. Parçaları biraz çalışalım, dedi. Fatih ve Tuncay gitarlarına davrandılar ama Koray bunun hiçbir yararı olmayacağını söyledi. Öyle de böyle de rezil olacaklardı. Neyse ki konser Hacettepe'deydi. "Biz rezil olmadık ki! Hacettepe'nin konserini rezil ettik" diyeceklerdi. Konserde doğaçlama çalmaya karar verdiler. Zaten iki günde bir şarkı bile çıkmaz, boşuna çalışır, hadiseyi ciddiye alır, strese girerlerdi.

***

O gece Feza'nın aklında hep Koray vardı. Tabii Koray da Feza'yı düşünüyordu. İkisi de ertesi gün okulda görüşmeyi umuyordu. Sabah derslerinde, Feza durup durup cep telefonuna bakıyor, Koray'dan mesaj bekliyor, cep telefonuna bakarken bir gün önce Koray'dan gelen mesajı tekrar okuyordu ezbere bildiği halde. Öğlen, Doyurucu'da tıkınırken geldi beklediği mesaj: "Yarın muhteşem konsere birlikte gidelim, olur mu?"

Feza hemen yanıt yazdı: "Yarına kadar vazgeçmezsen, olur hocam."

Koray, mesajı okuyunca gülümsedi ve şunu yazdı: "Ok yaydan çıktı bir kere! Battı balık yan gider:)"

Feza da mesajı okurken gülümsedi ve şunu yazdı: "Balık baştan kokar :)"

Koray, hemen gelen yanıtlardan, yaptığı kura Feza'nın karşılık verdiğini anladı. Minik bir imada bulunmak için şunu yazdı: "Fena oltaya geldim galiba. Ne dersin?"

Feza bu mesajı okuduktan sonra biraz düşündü. Öylesine sormuyordu bunu. "Oltaya geldim, diyorsan öyledir. Oltanın ucundaki yem neydi peki?" yazdı. Göndermeden önce tereddüt etti ama gönderdi.

Koray'a sorduğu sorunun karşılığında bir doğrulama ve bir soru gelmişti. Feza onu anlıyor ve bebek adımları atıyordu. Feza, ondan minik bir itiraf bekliyordu. Bu konser macerası onun yanında konuşulduğu ve Feza'nın hoşuna gittiği için Koray birden vokal yapmayı kabul etmiş, Feza da bunu anlamıştı. Koray bunu itiraf ederse, ilişkiye doğru bir adım atmış olacaktı. Zaten bu Koray'ın canına minnetti ama paldır küldür yapmamalıydı bunu.

Koray, "Dünyanın en güzel kızını bir kez daha görmek" yazdı. Ekrandaki yazıyı öptü ve gönderdi. Feza bunu okurken yüzünü görmek isterdi. Gerçekten, Feza böylesi açık ve güzel bir yanıt beklemiyor, şakacı inceliğiyle devam edeceğini sanıyordu. Okurken yüzü sevinçle aydınlanmış, gözleri parlamıştı. Tabii verdiği tepkiye, o an hissettiğine de şaşırdı. Daha önce çok iltifat almış ama hiçbiri onu bu kadar etkilememişti. Onu görmek, ona sarılmak istedi. Telefondan Koray'ın konumuna baktı, o da okuldaydı. Hemen buluşmayı teklif edebilirdi ama etmedi tabii. Madem Koray da okuldaydı, o teklif ederdi zaten. Ona, buluşma teklifini kabule hazır olduğunu ima edebilirdi.

"Bunun için konserde şaklaban olmaya razıysan, iki adım atmaya üşenmezsin herhalde!" yazdı ve gönderdi.

Koray da bunu okuduğunda havalara uçtu. "Cennet o kadar yakın mı? Sen neredeysen cennet orasıdır" yazdı.

Feza bunu okuyunca başı döndü sanki. Kendini bir anda aşkın içinde bulmuştu. "Doyurucu'da tıkınıyorum. Meleklere sormadan yolu bulabilir misin?" yazdı.

Sonra yanıt beklemeye başladı ama bir türlü gelmedi. Çünkü Koray hemen yola koyulmuş, beş dakika sonra gelmişti. Onu görünce el salladı. Koray da ona el salladı. Ama doğrudan yanına gelmedi. Yakındaki bir masada görme engelli öğrencilerden biri oturuyordu. Koray onun yanına gitti, gözlüğünü aldı, gözüne taktı. Feza'nın yanına geldi.

"Karşında güneş gözlüğüyle oturmamda sakınca var mı? Sana bakarken gözlerim kamaşıyor" dedi.

Feza'yı kalbinden vurmuştu.

***

Feza onu merak ediyor, tanımak istiyordu. Koray'dan hoşlanmış, tanıyınca sevmiş, etkilenmişti, ona âşık oluyordu. Dün tanıştıklarından beri aklından çıkmıyordu, onu hemen görmek istemişti. Koray da beklediği gibi mesaj atmış, sonra yanına gelmişti. Hem de ok gibi! Bununla birlikte, Koray yazdıkları mesajların üstüne gelip pat diye ilan-ı aşk eder, ilişki teklif eder, diye çekinmişti. Böyle delidolu birinin sağı solu hiç belli olmazdı. Koray'ın çok eğlenceli biri olduğu su götürmezdi, herkes onunla arkadaşlık yapmak isterdi ama onu bir sevgili olarak hayal bile edemiyordu.

Feza, "Hazır mısın büyük konsere?" diye sordu.

"O iki hergele seni kullanarak beni fena oltaya getirdi. Haydi kalk, kaçıp gidelim. Toz olalım biz. Çarşamba geliriz" dedi.

"Nereye kaçıyoruz ya?"

"Ben seni tekrar görmek için kabul ettim. Ama bak, gördüm zaten. Konsere gerek kalmadı. Ne diye rezil olayım oralarda?"

"Ben niye kaçıyorum? Anlamadım."

"Sen gelirsen kızı kaçırdım derim. Yoksa kaçtı derler."

"Hiçbir yere kaçma. Yurtta yayıldı bile."

"Bizim yurtta mı?"

"Evet, dün kızlara anlattım, koptular. En az elli kişi gelir sizi izlemeye."

"Yapma hocam! Ciddi misin?"

"Evet, ne var?"

"Yahu ben Hacettepe'de kimse tanımaz etmez diye öylesine olur dedim. Sen de ODTÜ'nün kız yurduna duyurdun. Bittim ben. Kampüste maskara oluruz artık."

"Daha videoya kaydedeceğim. Paylaşım rekoru kırar."

"O önemli değil. Facebook sayfama gir bak, benim ne videolarım var. Bizim üniversitenin kızları canlı canlı izlerken ne yapacağım ben?"

Feza dalga geçerek, "Show yourself Koray! Göster kendini!" dedi. "Gelip sana böyle tezahürat yapacağız."

"Bakıyorum bu hadise sardı seni Feza."

"Sarmaz olur mu? Yarını dört gözle bekliyorum, iple çekiyorum."

Feza karşısında gülerken, Koray kara gözlükleri çıkarıp ayağa kalktı.

"Dört göz deyince aklıma geldi. Hocanın gözlüğünü unuttuk. Kaldı be!"

Koray gitti, gözlüğü sahibine verip masaya geri döndü. Feza gülerek izliyordu onu.

"Ne o Koray? Seninle kaçmayı kabul etmeyince gözünü kamaştırmaz mı oldum yoksa?"

"Hayır Feza. O gözlükler koruyamadı gözlerimi. Sana bakarken kör oldum. Artık gözlerim hiç kimseyi görmez."

"Beni de mi?"

"Ben seni görmek değil, yaşamak isterim Feza. Kalbini bana açar mısın?"

Feza onunla şakalaşıp gülüşürlerken böylesi bir sözü, açık bir teklifi hiç beklemiyordu. Koray o kadar incelikle sormuştu ki, hayır diyemezdi.

"Açık zaten" dedi.

Koray boynundan gümüş kolyesini çıkardı. Zincirin ucunda minicik bir anahtar vardı. Feza'ya uzattı onu.

"Al öyleyse" dedi.

"Ne bu Koray?"

"Kalbimin anahtarı. Ben çok unutkanım. O yüzden boynumda taşıyorum."

Feza, "Ben de tam tersine, hiç unutmam" dedi. Kolyeyi aldı. Boynuna taktı.

"Teşekkür ederim Koray. Bunu seve seve taşırım ama sana açıkça sormam gerek. Ben bunu takınca, şimdi biz sevgili mi olduk?"

"Şimdi olmadık Feza. Biz zaten öyle doğduk. Sen buna inanana kadar bekleyeceğim. Sadece bunu söylemek için geldim yanına. Yarın görüşürüz."

***

Koray, geldiği gibi süzülerek gidiverdi. Bir anda gelip bir anda gitmiş ve Feza şaşırıp kalmıştı. Hiç böyle hissetmemişti Feza. Âşık olduğunu hissediyordu ama duyguları karışmıştı. Koray hiç ummadığı kadar açık ve inceydi ama çok hızlıydı. Feza aceleci erkeklerden, ısrarcı erkeklerden hiç hoşlanmazdı. Koray aceleci ya da ısrarcı değildi ama çok hızlıydı. Dün tanışmışlardı, bugün gelip kalbinin anahtarını vermişti ona. Hem delidolu hem de çok romantikti. Bir erkeğin niyetini açıkça ortaya koyması Feza için önemliydi, niyetini gizleyen erkeklerden hiç hoşlanmaz, bunu hisseder ve yanında bir dakika bile durmak istemezdi. Koray, genç kızların hep hayal ettiği inceliklerle doluydu. Feza sonunda beyaz atlı prensini bulmuştu ama bu prens dörtnala gidiyordu. Nasıl ayak uydururdu?

En son söylediği söz takılıp kalmıştı aklına: *Biz zaten öyle doğduk.* Eğer öyle olsaydı, Koray onu ilk gördüğünde hissetmez miydi bunu? Tiyatro festivalindeki oyundan sonra Koray'ı tebrik ettiğinde hiç de sevgili doğmuş gibi davranmamıştı. Sonra bahçedeki forum boyunca hiç bakmamıştı Feza'dan yana. Koray zeki bir çocuktu, espritüeldi, tatlı sözler söylemeyi de beceriyordu. Bu sözü de öyle kabul etmeliydi. Zaten, *sen buna inanana kadar bekleyeceğim* demişti. Eğer inanırsa, ona söyleyecek, tabii o güne kadar sevgilisi olmayacaktı.

O gün ve ertesi gün ondan bir mesaj bekledi. Facebook sayfasına girdi, baştan sona taradı. Her fotoğrafında, o son sözünü düşündü: *Biz zaten öyle doğduk.* Koray'ın fotoğraflarına bakarken, video kayıtlarını izlerken ne hissettiğini tartmak istiyordu. Bu arada, Koray'ın şiir yazdığını keşfetmiş oldu. Yazdığı bir şiirden çok etkilenmişti, özellikle son iki dizesinden.

Tek başıma doğmadım

Ama yalnız öleceğim.

***

Koray, kampüse gelmemişti. Tuncay, Fatih ve İstemi ile birlikte şehirde vakit geçirmiş, aletlerle ve mikrofonla sahnede kısa bir ses provası yapmışlardı. Sonra Feza'yı aradı, ona salonda olduklarını söyledi ve Hacettepe Tıp Fakültesinin Sıhhiye tarafına bakan kapısında buluşmayı önerdi. Feza yurda yeni girmişti, hemen üstünü değiştirip durağa gitti. Yol boyunca çok heyecanlıydı. Yaklaşınca arayıp haber verdi. Yağmur serpiştiriyordu. Koray onu ıslanmasın diye avucunda saklayarak içtiği sigarasıyla kapıda bekliyordu. Üstünde gök mavisi bir yağmurluk vardı. Çabuk çabuk yürüyordu, onu görünce yavaşladı, yaklaştıkça heyecanı arttı. Feza yaklaşınca kollarını açtı Koray. Feza birden hızlandı, onu kucakladı. Önce yumuşacık sarıldı ama hemen bırakmadılar birbirlerini, sımsıkı sarıldılar. Feza ona gerçekten âşık olduğunu anladı. Hem de sırılsıklam. O güne kadar hiç tatmamıştı aşkı, hiç hissetmemiş ama hep özlemişti. Şimdi bunu Koray ile yaşarken, neden hem bu kadar isteksiz hem de hep özlemiş olduğunu anlamıştı. Âşık olmadan asla bilinemezdi.

"Seni özledim" dedi Feza.

Koray, "Ben de seni özledim" dedi.

"Günün nasıl geçti?"

"İyi geçti, çünkü aklımda hep sen vardın."

Salona kadar el ele yürüdüler. Aslında parmak parmağa demek daha doğru olurdu. Çünkü usul usul tutuyorlardı birbirlerinin elini, her an çekecek gibi. Konser başlamak üzereydi ve salon yarı yarıya doluydu. Fatih, Tuncay ve İstemi arka koltuklara oturmuşlardı, yanlarına gittiler.

Her topluluk üç parça çalacaktı. En son Koray'lar sahneye çıkacaktı. Aslında bu gurur duyulası bir şeydi ama kurayla olmuştu. En havalı topluluk oldukları için değildi tabii. Fatih ve Tuncay, müzik kulübündeki iki kızla görüşmüş ve konserden sonra birlikte Rock bara gitmeye sözleşmişti. O yüzden Koray'ı dolduruyorlardı. Koray, rezil olacaklarını ve kızların onları ekeceğini söyledi. Daha önce makara yapıyorlardı ama Tuncay ve Fatih o akşam çok heyecanlıydı. İstemi ise zilzurna sarhoştu. Feza, seyircilerin arasında ODTÜ yurdundan bazı arkadaşlarını görmüştü. Üçüncü topluluk çıkarken Koray, Fatih, İstemi ve Tuncay kulise gitti. Feza da arkadaşlarının yanına indi.

***

Feza, Rock müziği pek sevmezdi, Heavy Metal'i hiç sevmezdi, ona göre kuru gürültüydü. Salonda kafa sallayan uzun saçlı kızlar ve oğlanlara baktıkça, gülüyordu hallerine. Sahneye çıkan Rock topluluklarının tümü erkekti. Bir kız topluluk çıkınca ayağa kalkıp çılgın gibi alkışladılar. Kızlar salonu selamlayarak coşturdu ama ilk şarkı slowdu ve herkes yerine oturdu. Onlardan sonra çıkanlar da bilinen arabesk şarkıları Rock tarzında söyledi ve pek rağbet görmedi. Haliyle, Koraylar çıkarken seyirciler ölü gibiydi. Fakat onlar sahneye çıkınca salondan büyük alkış ve tezahürat aldılar. Tiyatro topluluğunun Shakespeare dönemi kostümlerini giymişlerdi. Tabii Koray Hamlet'ti. Onlar sahneye bu kadar iddialı çıkınca seyirci de heyecanlanmıştı.

Feza, onların çıkışını en arkadan çektikten sonra sahnenin önüne kadar gitti, oradan çekmeye devam etti. İlk parçaya aynı anda giremediler, önce Tuncay elektro gitarla, sonra Fatih bas gitarla girdi, İstemi durdu durdu ve solo atmaya başladı. Tuncay ve Fatih ona ayak uydurmaya çalıştıkça kakofoni büyüyor ve kuru gürültü daha çekilmez oluyordu. Koray, mikrofonu sımsıkı tutmuş ve üç arkadaşının hiç değilse bir ritim tutturmasını bekliyordu ama saçmalık almış başını gitmişti. Koray, onlardan umudu tamamen kesti ve görkemli bir pozisyonda durarak, iki kolunu havaya kaldırdı, parmaklarıyla metal işareti yaptı ve böğürerek iki kez "Fuck You!" diye bağırdı. Birden bütün seyirciler "Heeeeeyyyy" diye bağırarak ayağa kalktı. Koray öküz gibi böğürerek, Hamlet'in repliklerini, tiratlarını sıralıyor, arada küfrediyor, sahnede tepiniyor, seyirciler coştukça coşuyordu.

Feza gülmekten çekemiyordu, kamerası sürekli titriyordu. Koray'ın coşturduğu çılgın seyirciler koşarak sahnenin dibine gelmişler, birbirlerini itip kakarak baş sallıyor, dans ediyorlardı. Feza ezilmek üzereydi. Koray elini uzattı, onu çekip sahneye çıkardı. Önünde diz çöktü. "*To be or not to be. That is the problem*" diyerek üç kere böğürdü. Koray iğrenç sesler çıkarıyor, o ne yapsa seyirci coşuyordu. Feza, sahnede onları çekmeye devam etti. İlk parça bitmek bilmiyordu, çünkü ortada bir parça yoktu. İstemi sürekli solo atıyor, sonra çok sert ve hızlı bir ritim tutuyor, bir türlü parçayı bitiremiyorlardı. En sonunda Koray böğürmekten, tepinmekten yoruldu, seyircilerin üstüne atladı. Seyirciler onu tekrar tekrar havaya fırlattı. Tuncay,

Fatih ve İstemi parçayı sırayla bitirdiler. Tuncay ve Fatih gitarları çalmayı bıraktıklarında, İstemi hâlâ solo atıyordu. Sonunda o da bagetlerini fırlattı.

Tam bir saçmalıktı. Feza ömründe hiç bu kadar eğlenmemişti. Topluluğun adını her nedense "Kamboçya" koymuşlardı. Salon "Kamboçya, Kamboçya" tezahüratlarıyla yıkılıyordu. Koray yeniden çıktı sahneye. Mikrofonu eline aldı. Boğazını yırta yırta böğürerek, "İlk parçayı paramparça ettik. Şimdi sizi parçalayacağız" dedi. Salonda oturan bir kişi bile kalmadı. ODTÜ'lü kızlar "Koray, Koray" diye tezahürat yaptı ve bütün salon adını öğrendi.

Koray uzun bir çığlık attı, sonra "Başlayın ulan!" diye bağırdı. İstemi bateriye parçalarcasına vurmaya başladı, ara sıra ayağa kalkıp davulu tekmeliyor, zile kafa atıyordu. Sonunda kafayı yardı. Zilin takıldığı demire kafa atmıştı yanlışlıkla. Yüzü kan içinde kalmıştı. O halde çalmaya devam ediyor, arada bagetleri başındaki kanlara bulayıp yalıyordu. İğrenç bir tabloydu ama bu hareketler seyirciyi coşturdukça coşturuyordu. Yalnızca seyirci değil, topluluk da kendinden geçmişti. Tuncay gitarı hem çalıyor hem sağa sola sallıyordu. Sapını kazayla Fatih'in kafasına yerleştirince, Fatih yere serildi. Onun da kaşı yarıldı. Eliyle kaşını tutuyor, ayağa kalkamıyor, yattığı yerden bacaklarını sallıyordu. Koray, *düşene bir tekme de sen at*, diye diye böğürerek Fatih'in bacaklarını tekmeledi. Bas gitarını alıp yere vura vura kırdı, parçaladı, parçaları seyirciye attı.

"Bitti ulan. Basın gidin!" diye bağırdı. Seyirciler sahneye çıktı, Koray'ı omuzlara aldılar ve konser bitti.

***

Feza, hayatında hiç bu kadar eğlenmemişti. O rezil konser aklına geldikçe hep gülerdi. Koray ise, seyircinin sadece bağırıp çağırıp tepinerek eğlenmek istediğini, onların yapmak istediklerini sahnede yaptığını düşünmüştü. Sahne enerjisini iyi biliyordu, kendisinde yüksek bir sahne enerjisi vardı. Ancak o akşam Feza yanında olduğu için bu enerji daha da yükselmişti. Koray'ın sahne aşkı, gerçek aşkla buluşunca katlanmıştı.

ODTÜ Tiyatro Festivalinde Feza'nın izlediği, Koray'ın ilk oyunuydu. Sahne tozunu ilk kez o akşam yutmuş, sahne heyecanını ilk o akşam yaşamış, sahne enerjisini o akşam hissetmişti. Bu konser müzik için ilk ve son kez sahneye çıkışıydı. Bir daha böyle bir şeye kalkışmadı. Zaten bir konser yetmiş, Koray efsane olmuştu. Ama Koray o akşamı efsanevi bir aşkın başlangıcı saydı daima.

Konserden çıkanlar hep birlikte Rock bara gittiler. Tuncay, müzik kulübünden iki kızla gitti. Fatih ve İstemi hemen fakülte hastanesinde dikiş attırdılar, sonra arkadaşlarının yanına gittiler. Ortalıkta, "İyi ki konser tıp fakültesinde yapıldı" esprileri dolaşıyordu. Hacettepe tıp öğrencileri, "Siz hep gelin, böyle kafa göz yarın. Biz dikeriz" diyorlardı. Koray ve Feza, arkadaşlarıyla bara gitmedi.

Fatih ve İstemi dikiş attırırken başlarında beklediler. Feza yurda dönecekti, Koray onunla gitti. Onu yurda bıraktı. Yol boyunca gülüp eğlendiler. Koray o gecenin yıldızıydı. Bütün kızların gözü üstündeydi. Ama Koray arkadaşlarıyla bara gitmek yerine, Feza ile son servise binip onu yurda bırakmayı tercih etmiş, Feza'nın gönlünü bir daha fethetmişti.

***

O günden sonra her gün görüştüler. Feza hep onu düşünüyor, onu bir gün görmese özlüyordu. Koray çat burada çat kapı arkasında yaşıyordu. Feza onun sayesinde o kadar çok arkadaş edinmişti ki, nereye gitse bir arkadaşına rast geliyordu. Ayrıca çok gezip tozmuş, Ankara'da gitmedik yer, girmedik delik bırakmamışlardı. Birkaç ay böyle sürüp gitmişti. Çok romantik bir ilişkileri vardı, Koray da Feza da dost canlısıydı, bu yüzden romantik bir dostluk gibi sürüyordu ilişkileri. Sinemaya, tiyatroya giderlerse el ele izler, bazen yolda el ele gezer, bir bankta, bir duvarda ya da çimlerde sarmaş dolaş otururlardı. Herkes onları iki sevgili olarak biliyordu. Buna rağmen biz sevgiliyiz demiyor, birbirlerini sevgili olarak takdim etmiyorlardı arkadaşlarına.

Koray hiç kız erkek ayrımı yapmazdı. Kızlarla da erkeklerle de kolay arkadaş olur, çabuk kaynaşırdı. Bazıları Koray'ın yakın arkadaşıydı. Feza zaman zaman kıskanırdı onları ama belli etmezdi. Yılbaşı tatilinde Feza İstanbul'a gidecekti. Koray kalmasını istedi ama Feza ailesine söz vermişti bir kere. Koray onu terminalde otobüse bindirirken "14 Şubat'ı baş başa geçirelim. Bana söz ver, öyle git" demişti. Feza da söz verip gitmişti.

Feza, yol boyunca hep Koray'ı düşündü. Arada telefondan mesaj attılar birbirlerine. Üniversiteyi kazandığından beri İstanbul-Ankara yolunu kaç kere katetmişti Feza, ama hiç böyle hissetmemişti. Birkaç gün ayrı kalacaklardı ama onu daha yolda özlemiş, gözleri dolmuştu. Neredeyse hiç sektirmeden her gün görüştükten sonra sadece birkaç gün ayrı kalacak olmak bile Feza'nın kalbini sızlatıyordu. Yeni yıla nasıl girersen o yıl öyle geçer, derler. Feza, böyle sözlere hiç aldırmazdı ama yolda acaba yeni yıla ayrı giriyoruz diye bu yıl ayrı geçer mi, diye de kaygılanıyordu. Feza onu ne kadar sevdiğini, ona sırılsıklam âşık olduğunu yolda anladı.

İstanbul'da hep onu düşündü, onu özledi. Arkadaşlarına hep onu anlattı. Ailesi Ankara'da neler yaptığını sorduğunda, bambaşka şeyler anlatmıştı. "Bir gün Koray'la" değil, "arkadaşlarla bir gün" diyerek anlatıyordu bunları. Koray'ı saklıyordu ailesinden. Aslında anlatmayı çok istiyordu ama çekiniyordu. Çünkü "sevgiliyiz" dese olmaz, "arkadaşız" dese yine olmazdı. Oysa Koray'ın verdiği anahtarı hiç çıkarmıyordu boynundan. Kalbinin anahtarı zaten ondaydı. İstediği zaman açabilirdi. Yine de Koray konuyu açsın, açık açık söylesin istiyordu sevgili olmayı, ilişkinin adını koymayı. Koray, hayatta ve aşka girişte çok hızlı ama aşkta ilerleyişte çok yavaştı sanki. Sadece şundan emindi: Koray hiç kimseye benzemiyordu. Eşi benzeri olmayan biriydi. Kimseyle kıyaslanmazdı. Bir tek kusuru vardı, sigara tiryakisiydi, çok sigara içiyordu. Feza, "Bırak" diyordu ama Koray hiç umursamıyordu. "Öldürürse öldürsün, içmezsem ölümsüz mü olacağım?" diyordu.

***

Yeni yıla girerken her yanda havai fişekler atılıyor, insanlar coşup eğleniyordu. Çoğu evden alkış sesleri yükseliyordu. Feza da alkışlıyordu ama gözleri dolu dolu olmuştu. Koray'ın yanında olmayı çok isterdi. Koray da arkadaşlarıyla eğlenerek girmişti yeni yıla. Öğrenci evinde arkadaşlarıyla kol kola girerek ondan geriye saymış, saat tam on ikiyi vurduğunda herkes birbirine sarılırken Koray balkona çıkmış ve "Mutlu yıllar Fezaaaaaaaaa!" diyerek avazı çıktığı kadar bağırmıştı. Bunu telefonla kaydetmiş ve hemen Feza'ya göndermişti. Sonra konuştular ve birlikte mutlu bir yıl dilediler. O gece Koray ilk kez, "Seni çok seviyorum" dedi.

Feza, "Ben de seni çok seviyorum Koray. Günlerim seni özleyerek geçiyor" dedi.

Koray, "Ben de seni çok özlüyorum ama senin günlerin özleyerek de olsa geçiyormuş, benimkiler geçmek bilmiyor Feza" dedi.

Feza bunları duyarken ayakları yerden kesilmişti, mutluluktan uçuyordu. Koray, ona bazen şiir dizeleri yazar gönderirdi. Ama onu sevdiğini böyle açıkça ve dolaysızca ifade etmezdi. O çekinmezdi, bunu biliyordu. Özellikle söylemiyordu. Feza'ya bırakmıştı her şeyi.

***

14 Şubat'ta, önce Kuğulu Park'a gittiler. Sonra Tunalı Hilmi Caddesinden ele ele yürüyerek Tunus Caddesine indiler. Orada bir kafeye oturdular. 14 Şubat nedeniyle romantik şarkılar çalıyordu. Koray, orada çalan müziği beğenirdi. Ortamı da güzeldi.

Koray'ın kolyeyi verdiği günden beri Feza onu boynundan hiç çıkarmamış ama hep içinde tutmuştu. O akşam kazağının üstünde duruyordu. Tabii Koray'ın dikkatini hemen çekmişti. Koray, Sevgililer Günü hediyesi olarak çok havalı bir paket verdi.

"Feza, bu sana ilk sevgililer günü hediyem" dedi.

Paket o kadar güzeldi ki, Feza heyecanlandı. Yavaş yavaş açtı paketi. İçenden çıka çıka bir duş başlığı çıktı. Feza şaşırıp kalmış, hediyeye bir anlam verememişti.

Koray, "Ben sana sırılsıklam âşığım Feza" dedi.

Feza, bu tipik Amerikan esprisine gülümsedi ama ondan daha romantik bir hediye beklerdi. Sırılsıklam âşık olduğunu söylemesi çok hoşuna gitmişti fakat hediye olarak verdiği duş başlığıyla birlikte hiç de romantik değildi. Oysa Feza, 14 Şubat Sevgililer Günü hediyesini yılbaşı için İstanbul'a gittiğinde almış, tam bir buçuk ay beklemişti vermek için. Bir kolye almıştı İstanbul'da. Koray'ın verdiğine benzeyen bir anahtardı. Ona verdi.

"Bu da benim kalbimin anahtarı" dedi.

Koray bunu hem bekliyor hem beklemiyordu. Koray için o gün sevgili olacakları gündü, kaç ay önce düşünmüştü bunu, o zamandan beri bekliyordu. Feza'nın hediyesi artık sevgili oldukları anlamını taşıyordu, beklediği buydu ama kendisine bir anahtar vereceğini ummamıştı. O kadar sevindi ki ona ne diyeceğini bilemedi.

"Galiba dilim tutuldu Feza. Ben sana çoktan tutulmuştum ama şimdi dilim de tutuldu. Bu kadar güzel bir hediye beklemiyordum" dedi.

Feza, duş başlığını sallayarak, "Ben de öyle Koray" dedi inceden dalga geçerek.

Bunun üstüne Koray ona asıl hediyesini verdi. Duş başlığı sadece şakaydı. Koray, Feza'ya hediye olarak üç parçalı, katlanan bir çerçeve armağan etti. Ortadaki büyük çerçevede ikisinin birlikte fotoğrafı vardı. Sağ ve soldaki küçük çerçevelerde Feza ve Koray'ın tek başlarına fotoğrafları vardı. Üç fotoğraf da aynı gün çekilmişti. İki yandaki iki küçük çerçeve birbirlerine doğru katlandığında bir kutu gibi duruyordu bu ahşap hediye.

***

Onları birlikte görenler, daha ilk günden birbirlerine yakıştırmışlardı. Birbirlerini bu kadar iyi tamamlayan başka bir çift yok gibiydi yeryüzünde. 14 Şubat'tan sonra da hep el ele, kol kola, sarmaş dolaş gezdiler. Onları böyle görenler hiç şaşırmıyordu. Zaten herkes onları sevgili biliyor, hem çok yakıştırıyor hem de çok imreniyorlardı. Koray okulun en yakışıklı çocuklarından biriydi, Feza da en güzel kızlarından... ODTÜ'nün Romeo ve Jülyet'iydi ikisi. Onların aşkı dillere destan olmuştu üniversitede.

Bununla birlikte, Koray evlilikten hiç söz etmiyordu. Feza onunla evlenmek istiyordu, baştan beri aklındaydı bu ama önce onu tanımak istemişti. Ondan başkasına âşık olamaz, başkasıyla yaşayamazdı. Aklından bile geçmemişti bu. Koray'ın gözü başkasını görmüyordu ama geleceğe yönelik bir kere bile konuşmamıştı. O zaten günü yaşayan biriydi. Mezun olduktan sonra ne yapacağını bile düşünmemişti. "Ne iş olsa yaparım" diyordu. "Çiğköfte satacağım, çiğköfte zincirleri açacağım" derdi arkadaşlarına dalga geçerek.

ODTÜ'nün Bahar Şenliğinde, çiğköfte satmak için Komagene'nin mutfağına dadanmış, orada işi kapmış ve şenlikte çiğköfteleri yok satmıştı. Üstelik Komagene'den reklam karşılığı malzemeyi bedava almıştı. Standına "Komagene - ODTÜ Bahar Şenliği Şubesi" pankartı açmış, Komagene önlüğü takmıştı. Rektörü standın açılışında kurdele kesmeye ikna etmiş, çok havalı bir açılış yapmıştı. Standa koyduğu leğende çiğköfte yoğurmuş, Feza da bunları hazır gelen lavaşların içine salata malzemesiyle birlikte koymuş ve birlikte satmışlardı. Şenlikte, çiğköfteden o kadar çok para kazanmışlardı ki, harca harca bitmemişti öğrenci hayatlarında bu para.

Koray, ailesinden harçlık almazdı. Sahipleri ya da personeliyle kanka olduğu kafelerde günübirlik garsonluk, Devlet Tiyatrolarında figüranlık, çocuk yuvalarında palyaçoluk, sigorta pazarlaması, sokakta devremülk temsilciliği, anketörlük, tatile gidenlerin evinde kedi ya da köpek bakıcılığı, taksi şoförlüğü, Keklikpınarı-Kızılay hattında minibüs şoförlüğü, düğün arabası süsleme gibi çeşitli işlere girer çıkardı. Kırk yerde işi hazırdı ve bütün hayatı öyle geçecekmiş gibi yaşardı.

Feza'yı ailesiyle tanıştırmış, sevgilisi olarak takdim etmişti ama evlilik konusunu bir kere olsun açmamıştı. Fizik bölümünde okuyordu, pek ders çalışmazdı ama hep yüksek notlar alırdı. Arkadaşları sinir olurdu bu yüzden. Öğretim üyeleri fiziğe eğilmesini ve okulda kalıp akademik kariyer yapmasını öğütlüyordu. Hem iyi oyuncu hem de çok yakışıklı olduğu için sinema oyunculuğu yapmasını tavsiye edenler de vardı ve bu fikir Koray'ın hoşuna giderdi. Fakat bu konuda hiçbir adım atmamıştı. Ayağına gelmesini bekler gibi bir hali vardı.

Mezuniyetleri yaklaşınca, bundan sonra ne yapacaklarını sormuştu Feza. Çünkü Feza İstanbul'da oturuyordu, ailesinin yanına dönecekti. Koray, onun Ankara'da bir işe girmesini, Ankara'da kalmasını istedi. Fakat Koray'ın da daha askerliği vardı. Ayrıca, Feza'yı mezun olur olmaz İstanbul'a bekliyordu ailesi. Koray ise İstanbul'da yaşamayı aklından bile geçirmiyordu. Zaten oyunculuğun üstüne gitmemesinin önemli nedeniydi bu. Oyuncuların neredeyse tümü İstanbul'da yaşıyordu.

Film şirketleri İstanbul'daydı ve her iş orada dönüyordu. Dahası, kariyer yaşamı Koray'a aşırı ciddi ve kasvetli geliyordu. Saçma buluyordu o kadar stresi. Tatil için gittiği Çıralı, Olimpos, Kabak Koyu gibi yerlerde hem çalışıp hem yaşamak gibi fikirleri vardı. Bunlar da Feza'ya çok uzaktı. O yıl mezun olacaklardı ve okul bitmeden bir karar almak istiyordu. Gönlünde yatan, Koray'la evlenmek ve İstanbul'da yaşamaktı.

Üçüncü Bölüm

Mehmet bebekliğini, çocukluğunu, ergenliğini bildiği Feza'yı bir genç kız olarak görünce ona tutulmuştu. Babası Arif Beyin cenazesi için geldiği İstanbul'dan dönecekken, Feza'yı görünce biraz daha kalmaya karar vermiş ama ne yapacağını bilememişti.

Günlerce düşündü Mehmet. Geceleri uyku uyuyamaz hale geldi. Gözünü kapasa Feza, açsa Feza... Âşık olmuştu. Kalbine bu zamana kadar kimse girememişken, şimdi o kalbin kapıları Feza için sonuna kadar açıktı ve ne yapsa kapatamıyordu. Bebekliğini bildiği, aileden biri gibi gördüğü bu kız, şimdi nasıl âşık olduğu kişiye dönüşebilmişti? Kendisiyle çelişti durdu günler boyu. Evden çıkmadı. Perdenin arkasından Feza'nın geliş gidişlerini izledi hep. Sadettin Amcayla apartmanda karşılaşmalarında, göz göze gelmekten çekinerek selamlaştı. Yaptığının doğru bir şey olmadığını biliyor ama duygularına da söz geçiremiyordu. Hisleriyle, olması gerekenler arasında bir lokomotif gibi gidip geldi. Bazen vazgeçiyor, olmaması gerektiğine kendini inandırıyordu. Ama sonunda... Sonunda duyguları ağır basıyor ve bu aşktan vazgeçemeyeceğini anlıyordu. Kendini Feza'nın etkisinden uzak tutabilmek için aradaki yaş farkını aklına getiriyor, buna gelenekleri de ekliyor fakat Feza'yı görür görmez her şeyi silip bir kenara atıyordu. Kendi elleriyle yaptığı koruma kalkanını, kendi elleriyle parçalıyordu.

Feza ise Mehmet'in duygu dünyasında cereyan eden fırtınalardan habersiz bir şekilde, gündelik yaşantısına devam ediyordu. Yine ailece görüşüyorlar, bazı akşamlar birbirlerine yemeğe gidiyorlardı. Mehmet için en can sıkıcı olan da işte bu aile ziyaretleriydi. Aynı masada yemek yemelerine rağmen, bir kere bile Feza'nın gözlerine derin derin bakamıyor, ne kadar istese de onunla uzun uzun konuşamıyordu. Feza'nın annesinin ve babasının yanında Feza'ya bakmak, bakarken içindeki aşkı bastırmaya, belli etmemeye çalışmak zor ve utanç verici bir durumdu. İçine düştüğü bu durumu kendine hiç yakıştıramıyordu Mehmet. Çaresizlik ona işkence ediyordu.

Bazen, uzaktan uzağa Feza'yı kontrol ederken buluyordu kendini. Ne zaman eline telefonu alıp birileriyle yazışmaya veya içeri geçip konuşmaya başlasa, içindeki merak beynini kemiren solucanlar gibi esir ediyordu benliğini. "Kesin Koray ile yazışıyor, kesin Koray ile konuşuyor şimdi" diye diye içini karartıyor, kendine dert ediniyordu. Sadece Koray'ı değil, ona yaklaşan her erkeği kıskanıyordu. Kıskanmak ama bunu belli edememek yoruyordu kalbini. Bir şey yapmalıydı. Bu böyle gidemezdi.

***

Duyguları karmakarışık olan Mehmet böyle tasalanırken, hem Feza'ya âşık olup hem de bunu kendisine yakıştıramazken, annesi ve Feza'nın annesi onları birbirine yakıştırmıştı bile. Mehmet'in de Feza'nın da bundan haberi yoktu tabii. Mehmet, aile dostları ve alt kat komşuları Saadettin Amcasının ve Gülseren Teyzesinin biricik kızları Feza'ya duyduğu taptaze aşkı gizlemeye çalışıyordu ama Meryem Hanım şıp diye anlayıvermişti... Her anne gibi çocuğunu iyi tanırdı Meryem Hanım. Biricik oğlu Mehmet'in ani karar değişikliği ile gidişini Feza'yı görünce ertelemesi bile yetmişti bunu anlamaya. Zaten sonrasında da Mehmet değişmiş, çocuğa bir haller olmuştu.

Arif Beyin ölümünden ötürü Mehmet'in halini başkaları anlayamazdı tabii. Mehmet'in böyle dalıp gitmelerini, bir hüzünlü, bir karamsar ve kaygılı halini görenler, babasının ölümüne bağlıyordu haliyle. Saadettin ve Feza başta olmak üzere, yakınlarında oturanlar ve sık sık gelen akrabalar ondaki gelgitli hali görüyor ama nedeninin aşk olduğu akıllarına gelmiyordu. Zaten Mehmet duygularını hiç belli etmez ama içindekini de saklamaz, söylemekten çekinmezdi. Âşık olsa kesinlikle söylerdi mesela. Böyle göz önünde kederlenmez ya da canım cicim hallerine girmekten kaçınırdı. Feza'ya âşık olduğunu söyleyemezdi ama... Hele ki babasının cenazesinin üstüne... Duygularını belli etmek istemiyordu ama Feza'dan ötürü uzaklaşıp gidemiyordu evden.

Feza bir haftalığına gelmişti İstanbul'a. Okuluna geri dönecek ve mezun olup gelecekti iki ay sonra. Feza Ankara'ya dönünce, Mehmet de Almanya'ya dönecekti. Ama orada kalabilir miydi bundan sonra? Acaba Feza aklından çıkar mıydı Almanya'da? Hiç sanmıyordu. Karasevdaya tutulmuştu.

Mehmet böyle kendini yerken, Meryem Hanım konuyu çoktan açmıştı Gülseren'e: "Feza artık mezun oluyor. Dünya güzeli kızımızın okulu da bitiyor. Mehmet de dönecek yanımıza hayırlısıyla" diye diye belli etmişti niyetini.

Gülseren, kızı Feza ile aile dostlarının oğlu Mehmet'in evlenmesini elbette isterdi. Arif Beyi de Meryem Hanımı da bunca yıldır tanıyorlardı. Mehmet ellerinde büyümüş sayılırdı. Zaten Arif Bey için daima duacı olmuşlardı, minnet duymuşlardı. Gözbebekleri gibi bakıp yetiştirdikleri Feza için Mehmet'ten daha iyi bir kısmet düşünemiyordu... Ki son zamanlar da Gülseren de düşünmüştü bunu. Ancak Mehmet Almanya'da yaşadığı ve tabii artık babası Arif Beyden bile daha büyük servetin sahibi olduğu için kızlarını istemez, diye düşünmüş, bu konuyu ufak yollu bile hiç açmamıştı. Ama şimdi Mehmet ve Feza buradayken, Meryem Hanımın konuyu açması, ikisinin evliliğinde istekli olduğunu belirtmesi hoşuna gitmiş, bundan büyük memnuniyet duymuştu. Elbette o da ufak ufak hem kocası Saadettin'e hem de kızı Feza'ya münasip bir dille açacaktı bu konuyu. Meryem Hanımın evlilik konusunu inceden açması durup dururken olamazdı zaten. Nitekim Meryem Hanım, oğlu Mehmet'in gönlünün kaydığını da az çok belli ediyordu Gülseren'e. Yalnızca aralarındaki bir temenni değildi bu besbelli.

Gülseren, bu konuyu tabii ki hem Feza hem de Mehmet gittikten sonra açardı Saadettin'e, ama Feza oradayken de onu yoklamaya başlamıştı: "Kızım sen Ankara'ya döneceksin, Mehmet Almanya'ya dönecek. Biraz gezip tozun. Birlikte vakit geçirin. Mehmet'e iyi gelir, açılır biraz. İkiniz birbirinize çok yakınsınız. Birbirine yakın insanlar böyle zor günlerde birbirlerine destek olur, yanında olur" gibi sözler sarf ediyor, ikisini yaklaştırmak için telkinde bulunuyordu. Feza, "Olur anne. Tabii ki" diyor ama aklına bile gelmiyordu Mehmet ile evlendirmek istedikleri. Mali'yi çok severdi ama bir kere bile ona bu gözle bakmamıştı. Zaten hayatında Koray varken hiç kimseye bakmazdı. Mümkün değildi.

İstanbul'a taziye için gelmişti, kıymetli Arif Amcasının yasını tutuyordu ama bu halde bile Koray sürekli aklındaydı. Onu çok özlüyor, her gün telefonla konuşuyor, mesajlaşıyor, geceleyin görüntülü bağlantı kuruyor, Facebook'ta yazışıyordu. Feza ilk kez kendisine bu kadar yakın birini ahret hayatına uğurluyordu ve bu günlerde Koray uzaktan ona karşı çok nazik ve çok düşünceliydi.

Her gün onu biraz daha seviyordu. İki yıldır böyleydi ve ömrünün sonuna kadar hep böyle gitsin istiyordu.

***

Feza'yı, Mehmet uğurladı Ankara'ya. Gece yolculuğu yapacak ve sabah erkenden Ankara'ya varacaktı. Akşam yemeğini iki aile birlikte yedi. Mehmet pek konuşmuyordu. Gülseren ve Meryem Hanım özellikle konuşturmaya çalışıyordu onu. Mehmet de sabah ilk uçakla dönecekti Almanya'ya. "Ne zaman döneceksin?" diyorlardı. "Sen burada yaşa artık. İşlerini ayarla, buraya dön" diyorlardı. "Zaten baban da öyle yapmıştı vakti zamanında. İşlerini buradan yürütmüştü, gerektiği zamanlarda gitmişti, sen de öyle yaparsın. Biz artık seni bırakmayız, sen bize yadigârsın."

Tabii bunlar Feza'nın aklına hiç başka bir şey düşürmüyor, o da annesi ve Meryem Teyzesi gibi, "Gel tabii. Burada yaşa, daha iyi" diyordu.

Mehmet de "Neden olmasın? Düşüneyim biraz" diye cevap veriyordu.

Fakat onlar konuşurken, Meryem Hanım ve Gülseren ikisine dikkatle bakıyor, Mehmet'in âşık olduğunu, Feza'nın hiç farkında olmadığını anlıyorlardı. Saadettin de hiç farkında değildi tabii. Aklına bile gelmiyordu fakat Mehmet kızını istese, ona vermek isterdi. Tabii mutlaka, Feza istiyorsa... Çünkü Saadettin, kızına baskı yapacak bir baba değildi. Hepsi bunu çok iyi biliyordu.

O akşam yemeğinde Mehmet'e, "Temelli gelmesen bile iki ay sonra mutlaka gel" dediler. Tabii bu iki ay vurgusunu Mehmet anladı ve kıpkırmızı oldu.

"Tamam, illaki gelirim ama ne zaman geleceğim belli olmaz" dedi.

Mesajı anlamış, bundan rahatsız olmuş ve hemen belli etmişti. Mehmet'in yanıtıyla, Meryem ve Gülseren konuyu kapardı ama Feza aslında neler konuşulduğunu anlamadığı için, "Ben de mezun olup geleceğim zaten. Sen de o günlerde gel ki, ben bir işe girip başlamadan biraz gezer tozarız Mali" dedi. Feza böyle söyleyince Meryem Hanım ve Gülseren, Mehmet'in ne diyeceğine dikkat kesildiler. Tabii ki Mehmet fark etmişti bunu. Ne diyeceğini bilemedi ama Feza'ya hayır diyemezdi.

"Peki Feza. Sen mezun olunca gelirim, hem kutlarız hem de istersen kariyerini birlikte konuşuruz" dedi.

***

Yemekten sonra Mehmet ve Feza birlikte çıktı. Feza'nın bavulunu Mehmet taşıdı. Feza olmaz, dedi ama dinletemedi. Gülseren ve Meryem Hanım arkalarından bakarken, içlerinden, "Oldu bu iş" diyor ve birbirlerine imalı imalı gülümsüyorlardı. Şimdi Feza Ankara'da, Mehmet Almanya'dayken, Gülseren bu konuyu kocası Saadettin'e açacaktı. İki anne, evlatlarını birlikte gönderirken memnundu. Onları hep böyle birlikte görmek istiyorlardı.

Mehmet ve Feza erken çıkmışlardı. Birlikte Kalamış'taki Marina'ya gittiler. Orada lüks bir kafeye oturdular. Mehmet, Almanya'daki hayatını, oradaki işini, iş bağlantılarını, iş seyahatlerini ayrıntılarıyla anlattı. Aslında ona hayatını vaat ediyordu. Feza bunları ilgiyle dinliyor, "Vay be! Süpermiş Mali" gibi sözler sarf ediyordu. Kendisine bu hayatın vaat edildiğini hiç anlamıyordu.

Sonra Mehmet, "Peki senin hayatın nasıl gidiyor Ankara'da?" diye sordu. Aslında, anlatırken illaki Koray'ı anlatır diye umdu. Onunla ilişkisini bilmek istiyordu. Feza, birkaç kere Koray'ın adını kaçırdı ağzından ama sevgilisi olduğunu söylemedi. Gece yola çıkacağı için arada Koray'dan mesaj geliyor, Feza hemen bakıyor ve yüzü aydınlanıyordu. Bunlar kaçmıyordu Mehmet'in gözünden. Sevgili oldukları, Feza'nın ne kadar çok sevdiği, âşık olduğu hemen anlaşılıyordu.

***

Feza ve Koray, mezuniyet sınavlarına gece gündüz çalıştılar. İkisi de mezun olmakta kararlıydı. Uzatmak istemiyorlardı. Feza çalışkandı ve dersleri iyiydi hep. Koray'ın da notları hep yüksekti ama Feza ile birlikte mezun olabilmek için sürekli onunla çalıştı. Bu dönemde iki âşık, iki romantik sevgili gibi değil, iki dost, iki hayat arkadaşı gibiydiler. Okulun etüt salonlarında, Milli Kütüphanede ders çalışarak geçirdiler günlerini. Yine hep yan yana ama bu kez el ele değil omuz omuza verdiler. Feza bundan çok etkilenmişti. Başka bir Koray daha tanımıştı. İyi geçen her sınavdan sonra pastayla minik bir kutlama yapıyor, bir sonraki sınava hazırlanıyorlardı. Böyle geçti iki ay. Son sınav da bitince, Koray ona sürpriz bir evlilik teklifi yaptı!

Koray'ın sınavları bitmişti, Feza'nın bir sınavı daha vardı. Koray sınav sabahı ona kocaman bir paket verdi.

"Bu sana mezuniyet hediyem, sınavdan sonra aç" dedi.

Feza, paketi eline alınca içinde bir elbise olduğunu anladı. Mezuniyet balosunda ne giyeceğini düşünüyordu. Feza sınava elinde o koca hediye paketiyle girdi. Sınav boyunca paketin içinde nasıl bir elbise olduğu tahmin ettiği için hiç heyecanlanmamış, strese girmemişti. Hatta okul hayatının en keyifli sınavı oldu bu. Salondan elinde koca paketle çıktı. Hemen sınav salonunun önünde paketi açtı. İçinde çok güzel bir gelinlik vardı. Feza gelinliği görünce gözyaşlarını tutamadı. Dışarıda kendisini bekleyen Koray'a gitti koşarak. Boynuna sarıldı, tekrar tekrar öptü. İlk kez mutluluktan ağlıyordu.

***

Aynı gün, Feza'yı yurtta başka bir sürpriz bekliyordu. Feza ve Koray bütün günü sarmaş dolaş ve neşeyle geçirdi. Henüz sonuçlar belli değildi ama bütün sınavları iyi geçmişti. Hem mezuniyeti hem de evlilik kararlarını kutladılar. Feza yurda döndüğünde, odasında başka bir paket vardı ve

Almanya'dan gönderilmişti. Mehmet göndermişti paketi. Feza onun mezuniyet hediyesi olduğunu tahmin etti tabii ve hemen açtı. Paketten harika bir elbise çıktı. Ömründe gördüğü en güzel elbiseydi bu. Heyecandan ne yapacağını bilemedi. "Hayatımın en mutlu günü bu" diyordu kendi kendine. Kıskanırlar, nazar değer kaygısıyla, bu büyük sevincini arkadaşlarıyla paylaşmaya çekindi önce. İçi içine sığmıyordu sevinçten. O gece gözüne uyku girmedi. Kalkıp kalkıp gelinliğine ve elbisesine bakıyordu. Sonra arkadaşlarına da gösterdi. İki hediyeyi aynı gün alması hem büyük bir sürpriz hem de büyük bir lütuftu.

Tabii arkadaşları özellikle Mehmet'i sordular. Acaba ona âşık biri daha mı vardı? Feza uzun uzun Mali'yi anlattı onlara. Kendisine âşık başka biri falan değildi, o Mali'ydi işte. Hayatının bir parçasıydı ve Feza'yı çok severdi. Sırdaştı onlar. Zaman zaman Almanya'dan hediyeler gönderirdi. Mezuniyetini de unutmamış ve çok güzel bir hediye göndermişti. Bir taneydi o!

Mezuniyet balosunda Feza güzelliğiyle göz kamaştırıyordu. En yakışıklı sevgili onun yanında, en güzel elbise onun üstündeydi. Bir prenses gibiydi. Koray'la dans ederlerken mutluluktan uçuyordu ve bu rüya hiç bitmesin istiyordu.

Koray, onunla evlenmek istiyordu aslında ama önce askere mi gitse, bilemiyordu. Askerliği erteleyebilir ya da para bulabilirse bedelli yapabilirdi fırsat varken. Fakat Ankara'da kalmak istiyordu. İstanbul'u hiç istemiyordu. Feza ise İstanbul'da yaşamak için yalvarıyor, en azından gelip biraz yaşamasını teklif ediyordu. Evet, İstanbul çok büyüktü, çok kalabalıktı ve çok pahalıydı. İstanbul'da yaşayanlar ekmek kavgasında, geçim derdindeydi, bu yüzden maddiyata çok önem veriyorlardı. Ankaralılar gibi dost canlısı değillerdi ama İstanbul büyük bir şehir olduğu için, kendilerine mutlu bir yuva kuracak bir kuytu köşe de bulabilirlerdi aynı zamanda. İstanbul'da güzel bir hayat yaşayabilirlerdi. Bunları konuşmuşlar ve Koray kararsız kalmıştı. Mezuniyet balosunda ikisi o kadar romantikti ki, Koray birden Feza ile cehennemde bile yaşamaya razı olduğunu söyledi. O İstanbul'a gelecekti. Bir iş bulacak, bir ev tutacak ve Feza'yı isteyecekti.

Böylece, Feza'nın hayatında hiçbir pürüz kalmamıştı o gece. Koray'ın İstanbul'a gelecek olması, onu çok az özleyecek olmasıydı... Bundan sonra birlikte bir yuva kurmanın adımlarını atacaklardı. Feza, Ankara'da okuduğuna ve Koray'ı tanıdığına şükrediyordu. O romantik gece dans ederlerken, Koray'ın ona anahtar kolyesini verdiğinde söylediğini bir daha hatırladı:

"Teşekkür ederim Koray. Bunu seve seve taşırım ama sana açıkça sormam gerek. Ben bunu takınca, şimdi biz sevgili mi olduk?"

"Şimdi olmadık Feza. Biz zaten öyle doğduk. Sen buna inanana kadar bekleyeceğim."

Feza artık buna inanıyordu. Onlar ruh eşiydi. Hiçbir şey ayıramazdı onları.

***

Feza, İstanbul'a dönerken içi içine sığmıyordu heyecandan. Üniversite bitmişti, Koray ile baş başa bir yuva kuracak, hayat yolunu el ele yürüyeceklerdi. Tabii bunu hemen söylemeyecek, önce Koray'ın gelmesini bekleyecekti.

Feza evine dönünce, annesi Gülseren ve babası Saadettin'e uzun uzun sarıldı. "Hasret bitti. Artık yuvamdayım" dedi. Bavulunu odasına götürdü, eşyalarını çıkarıp yerleştirdi ama gelinliği çıkarmadı, o saklı kalacaktı bir süre.

Feza eşyalarını odasına yerleştirirken, Koray'ın fotoğrafını açıkta bir yere koyup koymamakta tereddüt etti bir süre. En sonunda, mezuniyet balosunda dans ederlerken çekilen bir fotoğrafı koydu komodinin üstüne. Arkadaşlarıyla birlikte çekilen fotoğraflarını da koydu yanına. Bunu özellikle yaptı. Soran olursa, ki annesi mutlaka sorardı, okul arkadaşlarımdan biri, derdi. Sadece mezuniyet balosunda kavalyesiydi şimdilik. Duvarda bir lise fotoğrafı duruyordu kaç yıldır. Onu kaldırdı, yerine keple çekilen mezuniyet fotoğrafını taktı.

Gülseren çay demlemiş, kahvaltı hazırlamıştı. Feza ne kadar mutluysa, Gülseren ve Saadettin de o kadar mutluydu. Feza'yı tekrar tekrar tebrik ettiler. Kızlarıyla gurur duyuyorlardı. Dünyalar güzeli bir kızları vardı, onu yetiştirmiş, ODTÜ'den mezun etmişlerdi. Tabii kahvaltıda hem geçmiş hem gelecek konuşuldu. Feza üniversite yıllarını ve son sınavlara nasıl çalıştıklarını, mezuniyet günlerini anlatıyordu onlara. Saadettin ve Gülseren bunları memnuniyet ve gururla dinliyor, geleceğe dair sorular soruyor, kızlarının bundan sonrasına dair niyetini bilmek istiyorlardı. Gülseren öylesine söyler, bir temennisini dile getirir gibi, "Ee, artık iyi bir iş bulursun kızım. Eminim, iyi de bir eş bulur, evlenirsin" diyordu. Feza bunu işittikçe hem gülümsüyor hem Koray'ı saklamak için kızarıyordu. Dilinin ucuna kadar geliyor ama söylemiyordu. Biraz daha sabretmeliydi müjdeyi vermek için.

Gülseren, öylesine söyler gibi yapıyordu ama aslında kızını yokluyordu. Çünkü Feza'yı Mehmet ile evlendirmeyi kafasına koymuştu. Feza, Ankara'da mezuniyet sınavlarına çalışırken, Gülseren hem Meryem Hanım hem de Saadettin ile konuyu açık açık konuşmuştu bile. Saadettin, Feza ile Mehmet'in evlenmesinden memnuniyet duyacağını söylemişti. Üçü de hemfikir ve istekliydi. Meryem Hanım açık açık söylememişti Mehmet'e ama her telefon konuşmasında ima etmişti bunu. Mehmet'in mezuniyet balosu için hediye göndermesi boşuna değildi. Feza'yı iki kere aramış, hal hatır sormuş, sınavlarının ne zaman biteceğini öğrenmişti.

***

Feza dönünce, Mehmet de döndü İstanbul'a. Feza onu görünce "Maliii" diyerek boynuna atıldı ve o harika elbise için teşekkür etti. Mehmet de onu mezuniyetinden ötürü tebrik etti.

Feza, "Ne iyi ettin de geldin, Mali. Ben artık hep

İstanbul'da olacağım. Sen de İstanbul'da kalsan ne kadar güzel olur" dedi.

Mehmet'in zaten kendisi için geldiğini bilmiyordu. Mehmet bunu Feza'ya söyleyecekti tabii ama zamanı vardı. Damdan düşer gibi söylenmezdi. Önce onunla biraz baş başa vakit geçirmek istiyordu ve bunun için Feza'ya birlikte İstanbul'u gezmeyi teklif etti.

"Madem mezun oluyorsun, iş hayatına başlamadan biraz tadını çıkar. İkimiz de İstanbul'a döndük. Birlikte gezelim biraz. İstanbul'un güzel yerlerini görelim, olur mu?"

Feza, "Olur tabii Mali" dedi.

Koray geldiğinde, Feza ona İstanbul'u gezdirecek, sevdirecekti. Mehmet, birlikte gezmeyi teklif edince aklına hemen bu gelmişti. İstanbul'u önce Mali ile gezer, bir bakıma prova yapmış olurdu. Hiç gitmediği, hiç bilmediği o kadar çok yer vardı ki İstanbul'da, belki yeni yerler keşfeder, sonra Koray'la bir daha giderdi.

***

Mehmet, annesi Meryem Hanıma bundan sonra İstanbul'da yaşayacağım dememişti, çünkü o yalnızca Feza için gelmişti. Belki onunla Almanya'ya giderdi. Asıl niyeti buydu. Eğer Feza İstanbul'da yaşamak istiyorsa, onunla yaşamaya razıydı. Feza evlenmek istemezse hemen Almanya'ya döner ve belki bir daha geri gelmezdi. En azından, uzun zaman dönemezdi, kendisini tanıyordu Mehmet.

Mehmet ve Feza üç gün üst üste İstanbul'un altını üstüne getirdi. Mehmet onu hep lüks yerlere götürüyordu. Feza kıpır kıpırdı, gezmek görmek istiyordu. Saraylara, kasırlara, köşklere, sinemaya ve tiyatroya gittiler. Mehmet, aralarındaki farkın yalnızca yaş olmadığını görmüştü. Feza'nın enerjikliği ve merakı hoşuna gitmiş, ayrıca bir umut doğurmuştu. Çünkü Mehmet Almanya'da yaşıyor ve sık sık iş seyahatlerine çıkarak başka başka ülkelere gidiyordu. Feza mutlaka dünyayı gezip görmek isterdi. Tam konuya buradan girecekken, Koray arıyor, Feza izin isteyerek uzaklaşıyor, onunla konuşuyor, neşeyle dönüyordu yanına. Mehmet ne zaman evlilik için konu açmak istese, Koray arıyor ya da ondan mesaj geliyordu. Mesajlarına bakılırsa, Koray yoğun bir romantizm yaşıyordu. Bu durum Feza'yı iyiden iyiye mutlu ediyordu tabii... Mehmet onunla konuşurken bile, az önce Koray'dan gelen mesajları çaktırmadan, göz ucuyla tekrar tekrar okuyordu. Neler yazmıyordu ki o mesajlarda: "Senden önce yaşadığım aşklar sana hazırlıkmış" diyordu Koray. "Nefsimi mevsimine ekledim senin" diyordu. Serde şairlik de vardı tabii... Cümleleri şiir gibiydi "Bir senden binlerce sen yapabiliyorum. Şiirim sen olursan şairim" diyordu.

Feza, yeni mezun olduğu için samimi arkadaşları yeni bir heyecanla birbirlerini çok sık arıyor, mesaj atıyorlardı. Mehmet, Koray'dan bir mesaj geldiyse Feza'nın yüzüne bakıp hemen anlıyordu. Bütün arkadaşlarıyla onun yanında konuşuyordu ama Koray'la konuşmak için uzaklaşıyordu. Feza, telefonda Koray ile konuşurken Mehmet onu gözlüyor ve âşık olduğunu anlıyor, kıskançlık duyuyor ama bunu belli etmemeye çalışıyordu. Ayrıca, kıskanırken utanıyordu. Bu iki güçlü duyguyla başa çıkmakta zorlanıyordu Mehmet.

***

Birlikte geçirdikleri üçüncü gün, onunla konuşmaya kararlıydı ama o gün Koray sürekli aradı ve mesajlar attı. Mehmet, böylesine hayati bir konuyu açmak için uygun bir hava yakalayamadı bütün gün. Bu yüzden canı sıkıldı. Akşam döndüklerinde, Gülseren ve Meryem Hanım balkonda oturuyordu. İkisi Mehmet ve Feza'nın üç gündür baş başa gezmesinden çok memnundu ve onları evlendirmek için çok umutlanmışlardı. Mehmet ve Feza'yı çağırdılar. İkisi birlikte eve girdi. Gülseren çay demlemiş, yanına kurabiye ve çörek yapmıştı. "Balkonda biraz oturun bizimle" demişlerdi.

Feza, Mehmet'in elini tutup odasına götürdü, ona mezuniyet balosunda Koray'la dans ederken çekilen fotoğrafı gösterdi. Feza, elbise için tekrar teşekkür etmek adına göstermişti o fotoğrafı. Mehmet kıpkırmızı oldu. Daha önceden yarım yamalak gördüğü bir yüzü şimdi apaçık görüyordu. Üstelik, Feza ile birlikte dans ederken... Gerçekten de çok yakışıklı bir çocuktu. Feza neşeyle baloyu anlatırken, Mehmet kıskançlıkla eziklik arası bir duygu karmaşası yaşıyor, duygularına hâkim olmaya, belli etmemeye çalışıyordu. Gözleri dalıp dalıp gidiyordu uzaklara. Feza, Mehmet'teki bu dalgınlığı ilk başta anlayamadı tabii. Heyecanlı bir şekilde anlatmaya devam etti. Ama Mehmet hiç konuşmuyordu.

"Neyin var senin?" diye sordu sonra.

Mehmet "Hiç. Biraz yorgunum galiba. Bir de utandım galiba" dedi.

"Neden utandın Mali?"

Mehmet duraksayarak konuşabildi. "Şeyyy... Ben... Böyle hediye gönderince... Utandım işte... Sen de böyle teşekkür edince filan..."

Feza, "Anladım anladım. Sen de rahmetli Arif Beyamca gibisin. Yaptığın iyiliğin konuşulmasını hiç istemiyorsun. Ama bana mezuniyet balosu için gönderdiğin elbise harika bir hediyeydi, iyilik filan değildi, çok nazik bir jestti. Sana anlatmamdan utanmana gerek yok" dedi.

Mehmet, bunları duyunca rahatladı. Feza, kıskandığını anlamamıştı. Yine de sormadan edemedi ve "Dans ettiğin kim?" dedi.

Tabii Feza da Mali'nin tahmin ettiği gibi "Koray" dedi.

Mehmet, arkasından başka şeyler de söyler diye bekledi ama Feza hiçbir şey söylemedi.

Mehmet, "O da mezun oldu mu?" diye sordu.

Feza, "Evet" dedi.

Mehmet, "O nerede yaşıyor?" diye sordu.

Feza, "Ankara'da yaşıyor ama İstanbul'a gelecek" dedi.

Bu sırada Gülseren seslendi ve çay içmek için çıktılar.

Meryem Hanım ve Gülseren, Feza'nın onu elinden tutup odasına götürdüğünü görmüşler ve bunu üç günlük baş başa gezip tozmaların meyvesi sanmışlardı. Oysa Mehmet, Feza'nın bir sevgilisi olduğunu anladığı gibi, yakında İstanbul'a geleceğini de öğrenmişti. Bu yüzden morali bozulmuştu. Eve gitmek, yalnız kalmak istiyordu. Çayını hızla içti. Bir kurabiye boğazından zor geçti. Gününüz nasıl geçti, neler yaptınız, nerelere gittiniz gibi sorulara geçiştirerek yanıtlar verdi.

Feza ise neşe saçıyor, bıcır bıcır anlatıyordu birlikte geçirdikleri günü. Arayan okul arkadaşlarını söylüyor, onlardan haberler aktarıyordu. Koray dışında her şeyi anlatıyordu. Mehmet onun neşesinin kaynağının Koray olduğunu biliyor ve Feza anlattıkça daha çok sıkılıyordu. Biraz yalnız kalmaya ihtiyacı vardı.

Mehmet, "Ben biraz yorgunum, birkaç iş görüşmesi yapmam lazım. Vakit geç olmadan yapayım. Müsaadenizle eve geçeyim" dedi ve kalktı. Feza onu kapıya kadar geçirmek istedi ama Mehmet "Zahmet etme Feza. Teşekkür ederim. Sen otur" dedi.

Meryem Hanım ve Gülseren, Mehmet'in canının sıkkın olduğunu anlamışlardı. Feza ise tam tersine, çok neşeliydi. Neler olduğunu anlayamadılar ve Feza'nın ağzını aradılar.

"Mehmet'in canı biraz sıkkın galiba Feza?"

"Bilmem ki anne... Yorgunum dedi, yorgunluktandır... Belki iş görüşmesi yapmak istemiyordur. O yüzden sıkılmıştır."

Meryem Hanım, "Acaba sana ayak uydurmak isterken mi yoruldu oğlum? Hani sen çok neşeli, çok hareketlisin ya..." dedi imayla.

Feza, "Olabilir. Ben de biraz yoruldum" dedi.

Sonra Feza da izin istedi ve odasına geçti. Koray ile konuşmak istiyordu. Çünkü Koray geliyordu. Bu kadar çabuk geleceğini hiç beklemiyordu.

***

Koray delidolu, uçarı, daldan dala konan bir delikanlıydı ama Feza'yı görür görmez onun ruh eşi olduğunu anlamış, o günden sonra gözü başkasını görmemişti. Koray, aslında onunla evlenmeyi en baştan istemiş ama bu konuyu mezuniyet vakti gelene kadar hiç açmamıştı. Kimsenin parasına puluna, malına mülküne bakmaz, insanların makamına mevkiine hiç önem vermezdi. Bununla birlikte, yoksul bir ailenin çocuğu olduğu için Feza'nın onunla evlenmek istemeyebileceğini düşünmüştü. Mezuniyet zamanına kadar bu konuyu hiç açmamasının nedeni buydu! Feza'nın ailesinin maddi durumu, onların durumundan daha iyiydi. İstanbul'un güzel ve en kaliteli semtlerinden biri olan Fenerbahçe'de evleri vardı. Fenerbahçe, hali vakti yerinde olmayanların oturabileceği bir semt değildi.

Feza'nın hiçbir şeyi eksik değildi. Bunlara Arif Bey sayesinde sahip olduğunu bilmiyordu. Arif Bey vefat edince anlatmıştı Feza. Yine de Feza'nın parlak bir geleceği vardı.

Göz kamaştıracak kadar güzel bir kızdı, çok akıllıydı, çok iyi bir üniversitede okuyordu. İstediği gibi iş, istediği gibi bir koca bulurdu. Ama iki yıllık ilişkilerinde onu çok iyi tanımış, Feza'nın yükseklerde gözü olmadığını ve kendisiyle evlenmeyi canı gönülden istediğini anlamıştı. Yine de, son ana kadar beklemişti Koray. Belki onların istemesi de yetmeyecekti.

Koray, geleceği hiç düşünmeden yaşıyordu. Üniversiteye başladığından beri ailesinden harçlık almıyor, kendisi kazanıyor, hayatını öyle ya da böyle sürdüreceğini düşünüyordu. Bir kariyer planı, bir hedefi yoktu. Fakat Feza her şeyi değiştirmişti. Onunla evlenmek istemesiyle birlikte hayata bakış açısı değişti. Ona bir gelinlik almak için para biriktirmesi gerekiyordu. Aynı zamanda mezun olabilmek için çok ders çalışması da gerekiyordu son sınıfta. Bir de tiyatro çalışmaları vardı tabii. Hepsine yetişiyordu.

ODTÜ Tiyatro Topluluğu, o yıl Samuel Beckett'ın *Godot'yu Beklerken* adlı oyununu oynuyordu. Nobel ödüllü Fransız yazarın bu oyunu, en ünlü eseriydi. Koray sahne performansıyla göz dolduruyor ve büyük beğeni topluyordu. Oyunla festivallere katılarak gezdiler, ayrıca Şehir Tiyatroları sahnesinde özel gösterimler yaptılar. Bunlardan birinde, Fransa'da yaşayan eski bir oyuncuyla tanıştı. Adam ODTÜ mezunuydu ve tiyatro topluluğunda oynamış, bir süre tiyatro oyunculuğu yapmış, sonra Paris'e gitmiş ve orada bir hayat kurmuştu. Adam makine mühendisiydi ve Fransa'nın büyük bir şirketinde yönetici olarak çalışıyordu. Her yıl tatil için Türkiye'ye geliyordu ama Ankara'ya hiç gelmemişti. Çalıştığı şirket Ankara'da bir fabrika kurmak isteyince, adam fabrika için uygun bir arsa araştırmaya gelmişti. ODTÜ mezunu olduğu için, onca yıldan sonra tekrar Ankara'ya gelmek gençlik duygularını uyandırmıştı. Çok hoşsohbet biriydi. ODTÜ Tiyatro Topluluğunun bu oyunu sahneleyeceğini öğrenince izlemek için heyecanla gelmişti oyuna. Kendi rolünü bu kez Koray oynuyordu.

Oyundan sonra Koray'ı tebrik etmiş, vakti zamanında onun rolünü oynadığını söylemişti. Adam o gece Koray'ı bırakmadı, birlikte yemeğe gittiler, ağabey-kardeş gibi uzun uzadıya keyifle sohbet ettiler. Tabii bu uzun sohbette, geleceğe dair neler planladığını sordu adam. Koray'ın oluruna yaşadığını anlamış ve kendi gençliğini görmüştü onda. Koray ona Feza'yı anlatınca, adam evlilik meselesini sormuş, Koray ilk kez ona açılmıştı. Adam bir melek gibiydi ve Koray'a hem öğüt vermiş, hem yol göstermiş, hem yardımcı olmuştu. Ona çok basit şeyler söylemişti üstelik: "Seviyorsan bırakma. Bir daha âşık olmayacaksın. Ne gerekiyorsa yap. Yoksa çok pişman olursun."

Bunun üstüne Koray, "Şimdiye kadar kırk kere evlilik teklifi etmeliydim. Bundan sonra teklifle olmaz. Ben ona gelinlik vereyim. Benimle evlenirse düğünde giyer, evlenmek istemezse tül perde yapar" demişti.

Adam içtenlikle gülmüş, "Hah! Böyle yap. En iyisi bu olur" demiş, sonra "Gelinlik de benden olsun" demişti.

Ama Koray bunu kabul etmedi. "Madem âşıksın, onun

için elinden ne geliyorsa yap, dedin. Ben de öyle yapacağım. Kendim çalışıp para biriktireceğim" dedi.

Adamla birbirlerine iletişim bilgilerini verdiler ve sürekli haberleştiler. Adamın ismi Hüseyin'di ve balayı için Paris'e geleceksiniz diyordu.

***

Hüseyin'in Ankara'ya iş için bir sonraki gelişinde tekrar buluştular. Aynı yerde oturdular, biraz havadan sudan konuştular. Zaten haberleştikleri için yeni havadisler yoktu. Hüseyin derslerini, işleri ve tiyatro etkinliklerini soruyordu. Tabii bir de Feza'yı.

Hüseyin, "Gelinliği aldın mı?" diye sordu.

Koray, "Almadım ama parayı biriktirdim. Daha iyisini almak için biriktirmeye devam ediyorum" dedi.

Hüseyin, "Benim modacı arkadaşım var. Ben ucuza yaptırırım. Sen biriktirdiğin parayı bana ver. Bir de Feza'nın ölçülerini öğren" dedi.

Koray bütün parasını ona verdi. Sonra Feza'ya ölçülerini sordu.

Tabii Feza, "Neden soruyorsun?" dedi.

Koray da "Arkadaşımın manken ajansı var. Belki sana iş ayarlarım" demişti şakacıktan.

Feza bir hediye alacağını hemen anlamıştı. Mezuniyet balosu için elbise alacağını düşünmüştü haliyle. Çok duygulanmıştı. Ama bir gelinlik beklemiyordu. Aklına bile gelmezdi. Koray'ın verdiği gelinlik o kadar güzeldi ki, Feza gözlerine inanamamış, gözyaşlarını tutamamış ve ağlamıştı. Koray da gelinliğin o kadar güzel olacağını beklemiyordu. Hüseyin, modacı arkadaşım var derken, o kişinin Paris'in ünlü bir modacısı olabileceği hiç aklına gelmemişti.

Feza, gelinliğin içindeki o minicik imzayı hemen fark etmedi. Paket içinde katlı duruyor, her gün açıp açıp bakıyor, yerine geri koyuyordu. Bir gün evde kimse yokken paketi bavuldan çıkardı, gelinliği açtı. Bu kez giyip bakmak için yeterince zamanı vardı, annesi ve babası Tuzla'daki akrabalara gitmişti. O minik etiketteki imzayı görünce, Koray'ın şakası sandı.

Hemen onu aradı ve "Gerçek mi?" diye sordu.

Koray gülerek, "Evet gerçek ama şaka gibi... İstanbul'a gelince anlatırım" dedi.

***

Koray'ın İstanbul yoluna bu kadar çabuk düşmesinde de Hüseyin'in önemli bir yardımı vardı. Hüseyin Ankara'da kurulacak fabrika için uygun arsa arıyordu ve Koray'dan yardım istemişti. Koray o sıralarda gece gündüz mezuniyet sınavlarına çalışıyordu Feza ile birlikte. Arsa bulursa ne kadar para kazanacağını hiç düşünmemişti bile. Hüseyin emlakçıları dolaştığını ve arsayı alırken komisyon ücreti vereceklerini söylemişti. Koray bir arsa bulursa, Hüseyin ona verecekti.

Sınavlar bittikten sonra, Koray hemen Hüseyin'e gelinlik için tekrar teşekkür mesajı geçti. Feza bayılmıştı gelinliğe. Mezuniyet balosundan sonra İstanbul'a gitmeye karar verdiğini de yazdı ona. Fakat orada iş bulmalı ve bir ev tutacak kadar para biriktirmeliydi. Bir de, askerlik meselesini ne yapacağını bilemiyordu. Hüseyin ona arsa konusunu hatırlattı ve eğer uygun bir arsa bulursa tümüne yetecek kadar komisyon alacağını belirtti. Arsayı Ankara'nın hangi bölgelerinde aradıklarını, asgari ve azami dönüm miktarını belirtti. Ankara'daki belli başlı emlakçılara haber vermiş, uygun bir yerin çıkmasını bekliyorlardı.

Koray gelinliğin karşılığında bir iyilik yapmak istedi ve bir arsa bulmayı kafaya koydu. Esenboğa Havalimanı yolu üstündeki boş arazilerin sahiplerini sorup soruşturarak işe başladı. Hurdadan hallice bir araba ayarlamıştı arkadaşından. "Sanayiye götürüp yaptırırsam bir ay bende bu araba" demişti. O da kabul etmişti. Koray taksici ve minibüsçü arkadaşlarından ustanın kralını öğrendi, hurdayı götürdü ve iki günde toplattı. Ondan sonra vurdu yola.

Koray, saptadığı güzergâh üstündeki fabrikalara, muhtarlara boştaki arsaları sora sora gidiyor, arsaların çoğu mirasçılar arasında ihtilaflı ya da sahibi uzaklarda çıkıyordu. Otoban kenarında kavun karpuz satan bir adamın tezgâhının önünde durdu. Arabanın kapılarını açtı, teybin sesini kökleyerek Ankara havası koydu ve karpuzcuya oynayacağız diye tutturdu. Karpuzcu sanki dünden razıydı, kalkıp oynadı Koray'la. İkisi şıkır şıkır Ankara havası oynuyor, gelen geçen arabalar onlara korna çalıyor ve el sallıyordu.

Koray ve karpuzcu oynamaktan ter içinde kaldı. Adam hemen bir karpuz kesti. Oturup afiyetle yediler. Koray geçen arabaları durduruyor, onlara bir dilim karpuz ikram ediyor, lafa tutuyor ve karpuz satıp gönderiyordu. Bütün gün otoban kıyısında tek başına oturmaktan sıkılan karpuzcu neşelenmiş ve Koray'ı çok sevmişti. "Sen nereden çıktın be Allahın delisi" diyordu. Koray ona arsa meselesini açtı. Bir fabrika için arsa arıyordu.

Karpuzcu, "Sen emlakçı mısın?" diye sordu.

"Değilim."

"Fabrikacı mısın?"

Koray, "He la, ben fabrikacıyım. Aha bu da fabrikatör arabasının yandan yemişi" dedi külüstürü göstererek.

Karpuzcu katıla katıla güldü. Sonra ciddileşerek, "Ne yapacaksın sen bu arsayı? Niye arıyorsun?" diye sordu.

Koray, gelinlik meselesinden başlayıp anlattı. Fransa'dan gelip giden Hüseyin'in iyiliğine karşılık verecekti. Arsayı bulacaktı.

Karpuzcu, "Aha bu arsa benim. İşini görür mü?" diye sordu.

Koray, "Kaç dönümü senin?" diye sordu.

Karpuzcu "Hepsi benim. İki yüz dönüm. Sana ne kadar lazım?" dedi.

Koray şaşırmış kalmıştı. Deli deliyi buldu, diye düşündü ama karpuzcu doğru söylüyordu. Koca arazide küçük bir ev vardı ve o da karpuzcunun eviydi. Adam hafiften kafayı üşütmüş, yıllardır orada tek başına takılıyordu.

"Kimseye satmadım ama sana satarım" dedi.

***

Koray, arsanın fotoğraflarını çekti. Sonra karpuzların üstünü brandayla örtüp, beraber tapuya gittiler. Koray, tapu senedinin örneğini aldı, Hüseyin'e gönderdi. "Size ne kadarı yeter?" diye sordu. Hüseyin ilk uçakla geldi. Koray'la buluşup karpuzcuya gittiler. Hüseyin'in ağzı açık kaldı. Arsanın yeri tam istedikleri gibiydi. İhtiyaçlarından kat kat fazlası vardı.

Hemen tapu müdürlüğüne gittiler. Çatlak karpuzcu hiç kimseye satmadığı arsasını Koray'ın hatırına sattı o gün. Hüseyin fabrika için arsanın 50 dönümünü aldı. Koray'ı tebrik etti. Tekrar tekrar teşekkür etti. Ona bir tomar para verdi. Koray önce istemedi, sonra o kadarına gerek yok, dedi ama Hüseyin hakkı olduğunu söyledi. Böylece Koray'ın bir anda her şeye yetecek kadar parası oldu. Buna hayret ediyordu. Feza ile evlenmek için attığı her adımda sanki bir mucize oluyordu. Hemen Feza'yı aradı, çok yakında geleceğini söyledi. Başka bir şey söylemedi. Eline geçen paradan söz etmedi. Onu İstanbul'da anlatacaktı. Feza şaşırdı kaldı, bu kadar çabuk geleceğini beklemiyordu.

Koray, önce bedelli askerlik için gereken parayı yatırdı. Sonra anne ve babasına damdan düşer gibi konuyu açtı. Feza ile evlenmeye ve İstanbul'da yaşamaya karar verdiklerini söyledi. Heyecandan hop oturup hop kalkıyordu. Ailesinin rızasını aldıktan sonra İstanbul'a gitmek için hazırlandı. İkinci el araba aldı. Eşyalarını arabaya koydu ve yola çıktı. İstanbul'da bir ev tutacak, eşya alacak, hatta düğün yapacak kadar parası vardı. Mutluluktan uçuyordu.

Dördüncü Bölüm

Koray, yola çıkarken Feza'ya, "Geliyorum sevgilim. Mutluluktan uçuyorum. Ben artık mucizelere inanıyorum" yazdı. Yeni arabasıyla ilk uzun yolunun tadını çıkara çıkara İstanbul'a gitti. Yol boyunca hep pembe hayaller kurdu.

Feza onu heyecanla bekliyor, içi içine sığmıyor, o da pembe hayaller kuruyordu. Anne babasına hâlâ Koray'dan söz açmamıştı. Koray geldikten sonra açacaktı evlilik konusunu. Mehmet'in kendisine âşık olduğunu ve onunla evlenmek istediğini hâlâ bilmiyordu. Annesinin Meryem Hanım ile niyetini de bilmiyordu.

***

Mehmet, birlikte geçirdikleri zamanlarda Feza'nın Koray ile konuşurken, onunla mesajlaşırken nasıl sevindiğini, yüzünün aydınlandığını defalarca görmüştü. Feza onu odasına götürüp mezuniyet balosunda Koray ile dans ederlerken çekilen fotoğrafı gösterdiğinde, ikisinin sevgili olduğunu anlamış, hatta ilişkilerinin basit bir gençlik aşkı olmadığını tahmin etmişti. Bu yüzden, umutsuzluğa kapılmış ve Koray'ı içten içe kıskanmıştı.

Mehmet zor durumdaydı, ne yapacağını bilmiyordu. Feza'ya karşı olan aşkını kimseye söylememişti ama annesinin anladığı belliydi. Hatta Gülseren ile konuştuğunu, ikisini evlendirme konusunun Saadettin Amcasına da açıldığını bile tahmin ediyordu. Konuşmalarından anlaşılıyordu tümü. Mehmet'e, "Sen artık burada bizimle kal. İstanbul'da yaşa" derlerken, aslında Feza ile evlen demeye getirdiklerini de biliyordu. "Biz senin niyetini biliyor ve destekliyoruz" diyorlar ama bunları açık açık söylemiyorlardı. Bunun nedeni belliydi. Önce Mehmet ve Feza aralarında buna karar versin istiyorlardı. Zaten öyle olması gerekirdi. Ne var ki, Koray'dan haberleri yoktu ve Feza'nın biriyle evlenmeye karar verdiği akıllarından geçmiyor, ihtimal vermiyorlardı. Çünkü öyle bir şey olsa, söyler sanıyorlardı.

Hem Gülseren hem Saadettin, Feza'nın odasındaki fotoğrafı görünce sormuşlardı Koray'ı. Ama Feza sevgilisi olduğunu söylememişti. "Ha, o mu? O Koray. Mezuniyet balosunda kavalyemdi" demiş ve konuyu değiştirmişti. Gerçi, Gülseren tahmin etmişti aralarındaki yakınlığın bir arkadaşlıktan fazlası olduğunu ama önemsememişti. Gülseren'i ilgilendiren okul yıllarında hoşlandığı, flört ettiği bir kişinin olup olmaması değil, Mehmet ile evlenmek isteyip istemeyeceğiydi sadece.

Mehmet'in, Feza için geldiğini Meryem Hanım zaten biliyordu ve bundan çok memnundu. Ama Feza ile birlikte geçirdikleri günlerin sonunda Mehmet'in canı sıkkın halini görünce bir pürüz olduğunu anlamıştı. Feza'nın bir sevgilisi olduğunu tahmin etmemişti.

***

Mehmet, aşkının ve niyetinin anlaşıldığını bilse de, başından beri temkinli davranarak kimseye açmamıştı bunları. Her şey üstü kapalı yürüyordu. Mehmet, hiç kimseye hiçbir şey söylemeden sessiz sedasız geri dönmeyi düşünüyordu. "Ben Almanya'ya alışmışım. Orada bir hayat kurdum, işlerimi de orada yürütüyorum. İyisi mi, ben gideyim, hayatıma devam edeyim" diyecekti. Fakat Meryem Hanım konuyu açtı.

"Oğlum, Feza ile aranız nasıl? İyi anlaşabiliyor musunuz?" diye sordu.

Mehmet, bu konuyu konuşmak istemediği için anlamazlıktan gelerek geçiştirmek istedi.

"Evet anne. Eskisinden daha iyi... Artık daha iyi anlaşıyoruz" dedi.

Meryem Hanım, oğlunun konuşmak istemediğini, utanıp sıkıldığını anlamıştı ama yine de konunun üstüne gitti.

"Oğlum, Feza artık büyüdü. Genç kız oldu. Sen de görüyorsun. Hem üniversiteyi de bitirdi. Artık evlilik çağına girdi. Senin de artık evlenmen gerekir. Yaşın çoktan geldi. Madem bunca yıl Almanya'da kendine göre bir kız bulamadın, Feza'dan iyisini mi bulacaksın!"

Mehmet kızarıp bozardı. Hemen bir yanıt veremedi. Sonra, "Haklısın anneciğim ama Feza nasıl düşünür bu konuda, bilmem ki! Feza büyüdü, genç kız oldu, ben bunu görüyorum ama ben Feza'nın gözünde hâlâ aynı Mali'yim. O bana başka bir gözle bakmıyor ki" dedi.

Meryem Hanım, "Sen orasını bize bırak. Böyle şeylere bazen iki kişi kendi arasında karar verir, bazen de aileler aracı olur, hep birlikte karar verirler. Sen benim oğlumsun. Elimde büyüdün. Feza'ya bakışlarından sende bir şeyler olduğunu anladım. Yoksa söyler miyim bunları? Ben zaten Gülseren'le bunları konuştum. Gülseren de Saadettin'e açtı konuyu. Bizden yana hiç endişen olmasın. Seni buraya boş yere çağırmadık. Sen ve Feza evlenir barklanırsanız biz çok mutlu oluruz. Siz de mutlu olursunuz. Ben bundan eminim oğlum. Her anne evladının mürüvvetini görmek ister, mutlu olmasını ister. Feza ile evlenirseniz, ister burada bizimle yaşayın isterseniz Almanya'da yuva kurun. Siz nerede nasıl mutlu olacaksanız, orada yaşayın. Sen Arif'imin yadigârısın, ben yalnızca senin mutluluğunu isterim oğlum" dedi.

Mehmet, "Ben tabii ki Feza ile evlenmek isterim. Madem siz de münasip görüyorsunuz, onunla konuşurum ama bilmem ki ister mi? Eğer istemezse, aramıza soğukluk girmez mi anne?"

"Bunda alınacak gücenecek bir şey yok oğlum. Sen Feza'yı sevdiysen, gönül verdiysen, onunla evlenmek için rızasını sormanda ne sakınca var? Böyle bir teklif her kızın gururunu okşar. Hem Feza sever seni, çok sever, sen de biliyorsun. Gönlün ferah olsun. Bence açık açık konuş onunla. Şimdi tam zamanı."

"Peki anne. Konuşurum ama siz hiç karışmayın. Feza'ya bu konuda tek kelime etmeyin."

"Tamam oğlum. Sen nasıl istersen."

Mehmet'e kalsa, ne annesiyle ne başkasıyla konuşurdu bunları. Feza ile aralarında ortak nokta buydu: Gizlilik. Aşk ikisi için de mahremdi ve gerekmedikçe duygularını da niyetlerini de hiç kimseyle paylaşmazlardı. Fakat Meryem Hanım konuyu açmıştı bir kere. Ok yaydan çıkmıştı.

Böylece, Mehmet sessiz sedasız Almanya'ya dönmek yerine, önce Feza ile açık açık konuşmaya, ona evlenme teklifinde bulunmaya karar verdi. Meryem Hanım ve Mehmet bunları konuşurken, Koray İstanbul'a geliyordu ve Feza dört gözle yolunu gözlüyordu sevgilisinin.

***

Koray, yoldan Feza'yı arıyor, nerede olduğunu söylüyor, molalarında attığı mesajlarda sürekli, "Sana sürprizlerim var" yazıyordu. Feza, o kadar merak ediyordu ki bu sürprizlerin ne olduğunu, onun bir an önce gelmesini istiyordu. Koray, İstanbul'a girince Feza'yı aradı. Buluşmak için yer kararlaştırdılar. Feza ona Kalamış'ı tarif etti. Marina'da buluşacaklardı. Sahil boyunca el ele gezeceklerdi. Bu sahil, Feza'nın yürümekten çok hoşlandığı yerlerden biriydi. Belki başka yerlere de giderlerdi. Feza istiyordu ki, sevgilisi Koray onun İstanbul'unu hemen sevsin, hemen benimsesin. İstanbul'da yaşamayı yalnızca Feza için değil, kendisi için de istesin.

Feza, ne giyeceğini önceden seçmiş, ayırmıştı. Onları giydi, saçlarını taradı, hatta çok hafif bir makyaj bile yaptı. Feza nadiren makyaj yapardı, o da çok hafif. Buluşma vakti yaklaşırken heyecanla çıktı evden. Kapıyı açar açmaz karşısında Mehmet'i buldu. Mehmet tam zili çalacakken Feza açmıştı kapıyı. İkisinin de yüzü güldü birden.

Mehmet, "Merhaba Feza. Ben de tam zili çalacaktım" dedi ama bunu derken Feza'nın dışarıya çıkmak için hazırlanmış olduğunu gördü, hatta hafif makyajını da fark etti. "Sanırım sen de bir yere gidiyorsun?" diye sordu.

"Evet Mali, çıkıyordum."

"Gezmeye mi? Yoksa biriyle mi buluşacaksın?"

"Biriyle buluşacağım Mali. Neden sordun?"

"Seninle konuşmak istemiştim. O yüzden sordum. Yalnız gezeceksen, birlikte gezelim, bir yerde oturup konuşalım diyecektim."

"Keşke daha önce deseydin Mali. Gördüğün gibi tam çıkıyordum... Neyse, daha sonra konuşsak da olur, değil mi?"

"Şeyy... Tabii tabii. Acelesi yok. Ama önemli."

Feza, "Tamam Mali. Sonra konuşuruz" dedi. Dışarı çıktı ve kapıyı çekti. "Ben buradan Kalamış'a gidiyorum. İstersen birlikte yürüyelim, yolda konuşalım."

Mehmet, "Yok yok, sen git Feza. Ayaküstü konuşmayalım. Acelesi yok işte. Hem sen buluşmak için hazırlanmışsın" dedi.

Feza, "Tamam, görüşürüz" deyip gitti.

Mehmet, arkasından baktı uzun uzun. Feza'nın heyecanla, âdeta uçarak gittiğini gördü. Feza'nın gidişinden herhangi bir arkadaşıyla buluşmadığını anladı. Annesi Meryem Hanım ile evlilik meselesini konuştuktan sonra biraz canı sıkılmıştı. Meryem Hanım bu konuşmadan sonra Mehmet'in biraz yalnız kalması için özellikle evden çıkmıştı. Mehmet bir süre kendisiyle baş başa kalmış, artık konu açığa çıkmış ve sonuçta annesiyle arasında resmiyet kazanmış olmasından ötürü canı sıkılmıştı. Mehmet onun gidişini izlerken, batan güneşe bakar gibi hissetti.

***

Feza, Kalamış'a biraz erken gitti. Koray'ın henüz gelmediğini bile bile... İçinden koşmak geliyordu sokaklarda. Marina'ya giderken parklardan birine girdi ve salıncağa bindi. Deli gibi sallandı ve çocuklar gibi eğlendi kendi kendine. Koray, telefonla arayıp yaklaştığını söyledikten sonra dakikalar geçmek bilmedi. Her dakika biraz daha özledi, biraz daha sabırsızlandı. Koray, arabasının markasını, rengini ve plakasını söyledi.

"Beni kaldırımda bekle, iner inmez sana sarılmak istiyorum. Seni çok seviyorum Feza" dedi.

Bundan yaklaşık beş dakika sonra Feza arabayı gördü, el sallamaya başladı. Koray park etti ve arabadan inip onu sımsıkı kucakladı. Feza o kadar heyecanlı ve mutluydu ki, bu mutluluk, içinde aşkın adının okunduğu gözlerine yerleşmişti âdeta. Feza da sımsıkı sarıldı Koray'ına... Koray, çevresinde iki tur döndürdü onu. "Aşk, sevdiğinin kollarındayken insanın başının dönmesidir aşkıım!" diye bağırdı Feza, kimseye aldırmadan... Her şey hayallerindeki gibi olmuştu. Rüya gerçekleşmişti. Büyük aşkların büyük sevinci ile mutlu olmuşlardı. Gözleri hiçbir şeyi görmüyordu. Bu hasret seremonisinden sonra kendine ilk gelen Feza oldu.

"Aşkım, heyecandan öldüm. Meraktan kudurdum. Neymiş sürprizler?" dedi.

Koray, gözlerinin içiyle güldü, dudakları yayıldı. "Ohooo... Neler oldu neler. Bak bu araba benim mesela. Askerlik meselesini de çözdüm. Bedellinin parasını yatırdım bile."

"Neee?" dedi Feza. "Ciddi olamazsın!"

"Yemin ederim."

"Nasıl oldu bunlar?"

Koray, "Anlatacağım Feza anlatacağım, ama sonra. Şimdi biraz daha sarılayım sana, doyamadım" dedi ve bir daha sımsıkı sarıldılar. "Galiba bir mucize oldu sevgilim. Bütün engeller şıp diye kalkıverdi" dedi.

Oracıkta tekrar tekrar sarıldılar, doyasıya kucaklaştılar. Ondan sonra el ele yürüyerek bir kafeye oturdular. Koray olanları anlatmak için, Feza da onunla gezip tozmak için sabırsızlanıyordu. Feza için her şey rüya gibiydi. Koray'ın İstanbul'da olduğuna ve hep İstanbul'da kalacağına inanmak için buna ihtiyacı vardı. Koray hemen, Hüseyin'le nasıl tanıştıklarından karpuzcunun arsasını nasıl aldıklarına kadar her şeyi bir bir anlattı. Feza'nın gelinliği gerçekten Paris'te özel olarak dikilmişti ve Hüseyin onları balayı için bekliyordu. Feza bütün bunları dinlerken kulaklarına inanamıyordu.

Koray, "İstersen hemen gidebiliriz aşkım" dedi. Arsa satışından ötürü Hüseyin ona o kadar yüklü bir komisyon ücreti vermişti ki, Koray hemen askerlik bedelini yatırmış, ailesine para vermiş, bir araba almıştı. İstanbul'da bir ev tutacak, eşya alacak, istiyorsa düğün yapacak, hatta balayına gidecek kadar parası vardı. "Acaba İstanbul'da emlakçılık mı yapsam? Bende bu şans varken iki yılda zengin olurum" dedi. Feza, o güne kadar Koray'ı hiç o kadar mutlu görmemişti. Yüzü aydınlanmıştı, gözleri güneş gibi parlıyordu.

Koray, "Hemen plan yapalım" dedi.

Feza, "Olmaz, önce biraz gezelim, sakinleşelim. Yoksa kalbim duracak" dedi.

***

Koray'la sahil boyu el ele yürüdüler. Feza'nın sevdiği yerlerde durdular, kayalarda oturup denizi seyrettiler. Birlikte hayaller kurdular. Feza ona sevdiği sokakları gezdirecek, Koray onlardan birinde bir ev tutacaktı. Eşyaları birlikte seçecekler, evi birlikte kuracaklardı. Arabaları da vardı, nereye isterlerse gidecekler, gezip tozacaklar, İstanbul'un tadını çıkaracaklardı. Mutlaka Adalara gideceklerdi. Koray bir kere gitsin hep gitmek isteyecekti Adalara, Feza bundan emindi. Koray, "Kalk gidelim" dedi ama Feza hemen gitmek istemedi. Her şeyi tadına vara vara yaşamak istiyordu.

Evliliği de aceleye getirmek istemiyordu Feza. Onu da adım adım yaşamak istiyordu. Annesine açacaktı önce. Sonra babasına söyleyecekti. Sonra Koray'ı onlarla tanıştıracaktı. Kesinlikle severlerdi Koray'ı, hem de çok severlerdi. Ondan sonra Koray'ın ailesi istemeye gelecek, nişanlanacaklar, sonra evleneceklerdi. Yıldırım nikâhı istemiyordu Feza. Biraz nişanlı kalacaklar, düğün için hazırlık yapacak ve gün sayacaklardı. Tabii en önemlisi, Koray hemen bir iş bulacaktı. Hatta aynı şirkette çalışsalar ne kadar güzel olurdu!

Koray bunların tümünü kabul etti. Ona kalsa, elinden tuttuğu gibi götürecekti en yakın nikâh dairesine. Koray damatlık, Feza gelinlik giyecek, alyansları takacaklar, ondan sonra Feza'nın ailesine tanışmak için gideceklerdi! Feza, "Lütfen deli olma Koray" diyordu. Koray da "Ben başka türlü olamam Feza. Ben böyleyim. Ben deliyim. Senin aşkından deli divaneyim" diyordu.

Feza'nın hayalleri hep yere basıyor, Koray'ın hayalleri ise oradan oraya uçuyordu. Feza hemen iş bulalım diyordu. Koray, gemiyle Fransa'ya gidelim, gemide evlenelim, Paris'te balayı yapar döneriz, diyordu. Feza, küçük bir düğün salonu tutalım, çok kalabalık olmasın diyordu. Koray, Çingene düğünü yapalım, tanıdık tanımadık isteyen gelsin, diyordu.

Bütün günü hasret gidererek, hayal kurarak geçirdiler. Vaktin nasıl geçtiğini anlamadılar. Hava kararınca Feza eve dönmesi gerektiğini söyledi. Okul arkadaşlarından birinde kalacak olan Koray, "Ama ben de geleyim, annenle babanın elini öpeyim, annene akşam yemeğinde yardım edeyim, yemekten sonra da babanla tavla atayım, iki mars bir düz edeyim, sen odana bir yer yatağı yaparsın, ben yerde yatar, uslu uslu uyurum, horlarsam da yastıkla başıma vurursun, hiç gıkım çıkmaz, yeter ki senin yanında olayım, bir dakikam bile senden ayrı geçmesin" diyerek doludizgin gidiyordu.

Feza, tam da bundan korkuyordu! Her şey mükemmel giderken, Koray'ın deliliğinin tutup her şeyi arapsaçına çevirmesinden kaygılanıyor, "Lütfen biz evlenene kadar benim dediğim gibi davran, annem de babam da seni çok sever, ama damdan düşer gibi dalarsan, akılları karışabilir" diyordu. Tabii Koray yine hepsine, "Olur sevgilim, sen nasıl istersen" dedi.

Marinaya, Koray'ın arabasını park ettiği yere kadar bunları konuşarak döndüler. Koray evini öğrenmek için Feza'yı bırakmak istedi. Feza da, habersiz gelmemesi koşuluyla

"Olur" dedi. Mahallede sarmaş dolaş vedalaşamayacakları için orada sımsıkı sarıldılar birbirlerine. Sonra arabaya bindiler. Koray onu sokağına bıraktı. Feza evini gösterdi, sonra da indi arabadan.

***

Mehmet, günü sıkıntı içinde geçirdi. Bir türlü uzaklaşamadı sokaktan. Çıkıp gitti, geri geldi. Yine gitti, tekrar döndü. Aklı hep Feza'daydı. Onun her halinden hayatında başka biri olduğunu anlamıştı, onunla buluşmaya gittiğini de tahmin etmişti. Yine de, ok yaydan çıkmıştı bir kere, onunla mutlaka konuşacak ve aşkını anlatacaktı. Yoksa böyle içi içini yiyecekti. Belki gelir diye bekledi ama Feza hava kararana kadar gelmedi. Onu aramak için eli sürekli telefona gitti ama yapamadı. Evlilik teklifi etmek için aceleci ve ısrarlı görünmek istemezdi.

Birkaç kere evden çıkmış ve geri dönmüştü. Odasına kapanmıştı, bilgisayarını açmıştı, Meryem Hanım geldikten sonra öylesine iş konuşmaları yapmıştı. Sırf annesine işiyle meşgul görünmek içindi bu iş konuşmaları. Yanına gelmesin, soru sormasın diyeydi. Özellikle kendisine, "Neden evdesin?" diye sormasına karşı bir önlemdi bu. Yalnız kalmak istiyordu. Pencereden sürekli sokağa bakıyor, Feza'nın yolunu gözlüyordu. Feza gelmek bilmemişti. Zaten Feza'nın giyim kuşamından, koşar gibi gidişinden belliydi erken dönmeyeceği.

Mehmet, Almanya'ya döndüğünde hep Feza'yı düşünüyor, özlüyordu ama İstanbul'da birlikte geçen günlerinden sonra aşkı katlanmıştı. Feza kendisine bu kadar yakınken, bir kat altta otururken Mehmet'e çok uzak geliyordu. Almanya'dayken bile Feza daha yakındı ona. Ama şimdi o kadar uzaktı ki, mesafelere bağlı olmayan böylesi bir uzaklığı nasıl bertaraf edebileceğini, Feza ile nasıl bir yakınlık kurabileceğini bilmiyordu. İçinde onu yakan kor bir ateş vardı. Kalbini çıkarıp Feza'ya verse, yakardı elini. Bunu ona nasıl anlatacaktı?

Sokağa, Ankara plakalı bir arabanın girdiğini görmüştü. Kalbi o kadar hızlı çarpmaya başladı ki, Feza'nın o arabada olduğunu anladı. Feza arabadan inerken ve apartmana girerken dikkatlice seyretti onu. Kıskançlığa kapılmıştı yine. Bundan ötürü suçluluk duyuyordu. Daha fenası, annesiyle evlenme meselesini konuştukları için mutlaka tekrar açılacaktı konu. Bu nedenle bir an önce konuşmak, bir an önce kalmaya ya da gitmeye karar vermek istiyordu. Böyle iki arada bir derede kalmak Mehmet için zordu, uzun süre katlanamazdı.

***

Feza eve mutluluk saçarak döndü. Artık küçük adımlar atmaya başlama vakti gelmişti. Annesine Koray'ın geldiğini ve onunla buluştuklarını söyledi. Tabii onunla sevgili olduklarını söylemedi ama İstanbul'a yerleşmek için geldiğini anlattı. Hem iş hem de ev arayacaktı. İstanbul'u bilmediği için Feza ona biraz anlatmıştı. Yaşamak için birkaç semt tavsiye etmişti. Tabii en başta Fenerbahçe'yi... Onu biraz gezdirecekti. Böylece, bir süre onunla gezip tozacağını da söylemiş oldu. Gülseren kızını iyi tanıdığı için Feza'nın saçtığı mutluluğun hemen farkına varmış, bir gönül meselesi olduğunu anlamıştı. Koray'la ilgili birkaç soru sordu ama Feza hep kaçamak yanıt verdi, sonra odasına gitti. Koray'a mesaj attı. Bütün gece mesajlaştılar.

Bu arada, Mehmet de mesaj atarak ertesi gün buluşup konuşmayı teklif etti. Feza ertesi günü de Koray ile geçirmek istiyordu ama Mehmet belki çok yakında döneceğini yazmıştı mesajda. Feza ile bu nedenle konuşmak istiyordu. Feza onun Almanya'ya dönmeden vedalaşmak ve aile dostları olduğu için iş teklifinde bulunmak için konuşmak istediğini sandı. Ertesi gün buluşmak için sözleştiler. Feza hemen Koray'a mesaj attı. "Biz öğleden sonra buluşalım" dedi.

***

Mehmet'i gece uyku tutmadı. Yatakta döndü durdu. Uyudukça tekrar uyandı. Sabah erkenden kalktı, hava almak için yürüyüşe çıktı. Sokaklarda gezerken, belki hep burada yaşayacağım belki de bir daha adım atmam, diyordu. Avucunun içi gibi bildiği sokaklara yeniden merhaba mı yoksa elveda mı dediğini bilmiyordu...

***

Karşı köşedeki kafede buluştular. Mehmet söze nasıl başlayacağını bilemiyordu. Elleri titriyordu Feza'nın karşısında. Feza, onun bu haline anlam veremiyor, bir an önce söze girmesini bekliyordu. Sonunda cesaretini toplayıp anlatmaya başladı Mehmet:

"Bak Feza, bunu sana nasıl söyleyeceğimi bilmiyorum. Doğru bir şey mi yoksa yanlış bir şey mi yapıyorum onu da bilmiyorum. Sakın beni yanlış anlama olur mu?"

"Neyi yanlış anlayacağım Mali? Bizim aramızda yanlış anlaşılacak ne olabilir ki!"

Bu cevap iyice zorlaştırmıştı Mehmet'in işini. Kız haklıydı. Onların arasında yanlış anlaşılacak ne olabilirdi ki? Kardeş gibi büyümüşler, gerçek akraba gibi olmuşlardı. Alnında minik terler belirdi Mehmet'in. Garsondan su istedi, gelir gelmez de bir dikişte bitirdi. Feza ne olup bittiğini anlamaya çalışıyordu. Mehmet boğazını temizledi ve yeniden girdi söze.

"Beni asla yanlış anlamanı istemem Feza. Biliyorsun ki hayatıma ciddi anlamda bir kadın hiç girmedi. Evlenmek için âşık olabileceğim ve bir ömür boyu sevebileceğim birini bekledim hep."

"Biliyorum Mali. Hatta en çok Meryem Teyze şikâyetçi bu durumdan. Adın müzmin bekâra çıktı artık. İnan ben de çok istiyorum karşına âşık olabileceğin birinin çıkmasını."

"Sonunda karşıma âşık olabileceğim biri çıktı Feza."

"Aaa, gerçekten mi? Müthiş bir haber bu. İnan çok

sevindim buna. Eee? Kimmiş bakalım bu şanslı kişi, tanıdık biri mi?"

Feza'nın neşeyle bakan gözlerine âşık gözlerle bakarak "Sen" dedi kararlıca. Feza'nın yüzündeki mutluluk ve heyecan yerini şaşkınlığa bıraktı birden. "Ben mi?" diye sordu kendini işaret ederek. "Evet, sen" dedi Mehmet yanakları kızararak. Soluğu hızlanmış, nabzı yükselmişti. Bir yandan Feza'dan gözlerini kaçırıyor, diğer yandan nasıl tepki vereceğini izlemek istiyordu. Ama yüzündeki neşenin birdenbire kaybolması pek iyiye işaret değildi. Şaşkınlıktan ne diyeceğini bilemez haldeydi Feza. "Ama, ama bu nasıl olur Mali? Yani sen bana nasıl... Şaka mı bu ya!"

Mehmet, yüzünü yere eğerek cevap verdi. "Şaka olmasını çok isterdim ama maalesef şaka değil. Bunu sana söyleyip söylememeyi çok düşündüm. Sonucu ne olursa olsun söylemeye karar verdim sonunda. Yoksa o şekilde yaşayamazdım."

Bir an duraksadı Mehmet. O esnada ikisi de kendini topladı biraz. Hiçbir şey söylemiyordu Feza. Şaşkınlıkla Mehmet'i dinliyordu. Böyle bir şey aklının ucundan bile geçmezdi. Mehmet ona ilk ne zaman âşık olduğunu, bu gerçeğe kendini nasıl alıştırdığını ve içine düştüğü durumu tek tek anlattı. Sonunda da onunla evlenmek istediğini, cevap vermesi için acele etmemesi gerektiğini, düşünmek için zamanının olduğunu söyledi. Feza'nın yanıtı netti. Beklemeye de gerek yoktu. Hayatında Koray'ın olduğunu, onu çok sevdiğini, yalnızca ve yalnızca onunla evlenmek istediğini söyledi.

Mehmet, duymaktan korktuğu yanıtı almıştı. Kalbinin sıkıştığını hissetti bir an. Daha da yüzüne bakamazdı Feza'nın. Önce kendisini dinlediği ve anlayışla karşıladığı için ona teşekkür etti, sonra da ondan bir izin almak istediğini söyledi.

"Senden bir izin istiyorum Feza. Bu konuşma burada kalsın ve bana müsaade et ben bu ülkeden gideyim, kaybolayım. Seni kesinlikle aramayacağım. Sen de beni arama. Ben bir daha senin yüzüne bakamam. Buralardan gidip, aşkımı sessizce içime gömmek istiyorum. Akşam ilk uçakla Almanya'ya gideceğim" dedi. Feza üzgündü. Koray'ı çok seviyordu ve asla ondan vazgeçmezdi. Bu aşk ona Mehmet gibi bir dostu kaybettirmişti. Hayatta her şeyin bir bedeli vardı. Bundan sonra Mali'siz bir hayatın içinde ama hep onun aşkına saygı duyarak yaşayacaktı. Vedalaştılar. "Sırdaşım olarak kal ve benim için yaşa" dedi Mehmet giderken. Birbirlerinden uzaklaşır uzaklaşmaz ikisi de ağlamaya başladı.

Mehmet gittikten sonra Feza bir süre yalnız kaldı. Hemen Koray'la buluşmak istemedi. Kendisini toplamalıydı önce. Akşama doğru buluştular. Feza olanları Koray'a anlattı. Koray da çok şaşırdı.

"Belki dediği gibi olmaz. Aradan zaman geçince unutur. Yeniden görüşürsünüz" dedi.

Feza, "Hiç sanmıyorum. Ben Mali'yi iyi tanırım. Ayrıca birbirimize söz verdik. Birbirimizi arayıp sormayacağız hiç" dedi.

Koray ve Feza bir gün önce o kadar mutluyken, birden karabulutlar peyda olmuştu sanki. Feza'nın hiç tadı yoktu. Koray, çok sevdiği bir dostunu kaybeden Feza'yı teselli etti. Sonra evine gönderdi. Feza eve dönerken Mehmet için yine gözyaşı döktü. Onu çok özleyecekti. Apartmanın bahçe kapısından içeri girerken o yağmurlu günü hatırladı. Mehmet, camdan onu görünce nasıl da heyecanlanmıştı. Bunların hepsi tatlı birer anı olarak kalacaktı geride.

***

Mehmet alelacele bavulunu toplamış ve ilk uçakla Almanya'ya dönmüştü. Meryem Hanıma, "Lütfen bir şey sorma anne. Bana gitmek düşüyor, hepsi bu" demişti yalnızca. Meryem Hanım onun ne kadar üzgün olduğunu görmüş, hiçbir şey sormamıştı.

"Peki oğlum, nasıl istersen. Hayat senin" demiş, sonra dilini tutamayarak, "Ama kalsan ne kadar güzel olurdu" diye eklemişti.

Kalsa ne kadar güzel olurdu. Feza ile evlense, onunla yaşasa, ne kadar güzel olurdu. Ama Feza başkasına âşıktı. Mehmet'e göre bu zaten en başından olmayacak bir aşktı. Feza'nın başkasına âşık olduğunu tahmin ettiği halde, onun ağzından duymak Mehmet'i kahretmişti. Bebekken tanıdığı Feza'ya âşık olmak kadar, onun tarafından reddedilmek de utandırmış, yaralamıştı Mehmet'i. Bir daha Feza'nın yüzüne bakamazdı.

Mehmet apar topar Almanya'ya dönünce, Meryem Hanım çok ağlamıştı arkasından. Oğlunun artık hiç gelmeyeceğini tahmin ediyordu. Mehmet'i görmek için Almanya'ya gidecekti ama Mehmet beş yılda bir gelse bile iyiydi bundan sonra. Rahmetli eşi Arif Beyin ardından oğlu Mehmet'i de kaybetmiş gibi hissetti. Mehmet giderken o kadar üzgündü ki, o halde Saadettin Amcasıyla Gülseren Teyzesine veda etmek istemedi. "Selam söylersin" dedi annesi Meryem Hanıma.

Saadettin ve Gülseren, Mehmet'in neden apar topar gittiğini biliyordu. Meryem Hanım, o kadar çok gözyaşı dökmüştü ki oğlunun arkasından, Gülseren de açık pencerelerden sesini duyup kapısını vurmuş, kadının halini görünce yüzüne ve kollarına kolonya sürmüş, onunla birlikte üzülmüştü.

Feza döndüğünde evde kimse yoktu. Saadettin olanları öğrenmiş, sonra kahvehaneye gitmişti. Gülseren de Meryem Hanımın yanındaydı. Meryem Hanımın üzüntüsünü onlar da yaşıyordu. Mehmet gitmişti. Bir daha ne zaman gelir, bilinmezdi. Saadettin ve Gülseren onu o kadar seviyordu ki, Feza ile evlendirmek için nasıl heyecan duydularsa, şimdi de Meryem Hanım gibi üzülüyorlardı.

***

Feza, bir tanecik sevgilisi Koray'ı annesi ve babasıyla tanıştırmak için can atıyordu ama Mehmet birdenbire gidince o kadar üzülmüşlerdi ki, Koray'a, "Bir süre bekleyelim, hiç acele etmeyelim" dedi. Bir süre Feza evde Koray'dan hiç söz etmedi. Sonra konu açıldı tabii. Feza önce annesine Koray'la sevgili olduklarını söyledi. İki yılı aşkındır sevgiliydiler ve Koray onun için İstanbul'a gelmişti. Onu tanıştırmak istiyordu. Gülseren de onu tanımak istedi. Gelsin tanışalım, dedi. Feza eve davet etmek yerine, Koray ile annesini tanıştırdı. Bir kafede buluştular.

Feza, o gün sigara içmemesini söylemişti Koray'a. Babası da annesi de sigara içmez, sevmezdi. Koray yanlarında hiç sigara içmedi. O gün o kadar heyecanlıydı ki, üstüne kahve döktü. Garson yeni bir kahve getirdi, onu da döktü.

Çok gülmüştü Feza. "Yok, anne normalde bu kadar sakar değildir damadın. Bugüne mahsus bir durum bu" deyip kahkaha atmıştı.

Koray, ağzında bakla ıslanmadığı için sigara tiryakisi olduğunu, o gün sigara içmediği için elinin ayağının birbirine dolandığını söyledi.

Gülseren, "İçme evladım. Böyle üstüne kahve dök, daha iyi" dedi.

Koray, "Evlendiğimiz gün bırakacağım zaten. Feza'ya sözüm var" dedi.

Feza birden kızardı. Çünkü evlenmeye karar verdiklerini henüz söylememişti annesine. Koray ağzından kaçırmıştı. Oysa az önce gülerken kendisi Koray için "damadın" demişti bile annesine. Tabii ki Gülseren ağızdan kaçan bu sözü atlamamıştı ama ardından Koray açık açık söyleyince durum değişti. Feza ve Koray birbirlerine tatlı kaçamak bakışlar attı.

Gülseren, "Ne zaman evleneceksiniz?" diye sordu.

Feza ve Koray birbirlerine baktılar, çünkü ne diyeceklerini bilemediler. Koray hemen lafa girdi:

"Siz ne zaman münasip görürseniz tabii... İsterseniz hemen elinizi öpüp, bundan sonra size anne diyebilirim" dedi.

Feza onu alttan hafifçe çimdikledi. "Koray, neler söylüyorsun? Annemin yüreğine indireceksin" dedi.

Koray, "Feza, demin annene benim için 'damadın' dedin. Ben de senin yüzünü kara çıkarmamak için hemen istedim işte" dedi.

Sonra birlikte Gülseren'in yüzüne baktılar. Kadının tepkisini ölçmek istediler. Gülseren, Feza'nın Mehmet ile evlenmesini çok uygun görmüş ve bunu kızı için gerçekten istemişti ama şimdi durumdan memnun bir hali vardı. Koray'ı sevmişti. Feza ve Koray'ın birbirlerini ne kadar çok sevdiklerini görmüş, mutluluklarını hissetmiş, onları birbirine çok yakıştırmıştı.

Gülseren, "Siz hep böyle şakalaşıyor musunuz?" diye sordu.

Koray, "Benim şakam yok. Ben kızınıza âşığım. İstanbul'a Feza için geldim. Sizden isteyeceğim tez vakitte" dedi.

Feza ona alttan hafif bir tekme attı. "Anneciğim, biz Koray'la evlenmek istiyoruz" dedi.

Gülseren, "Madem öyle, ailesiyle gelsin seni istesin. Ama önce babanla konuşmalıyız Feza, öyle değil mi?" dedi.

Koray, "Saadettin Amcayla da tanışalım. Ben geleyim, tavla atalım. Tavla oynar mı? Sever mi?" diye sordu.

Gülseren, "Hastasıdır" dedi. "Feza mı söyledi?" diye sordu.

Koray, "Evet. Feza söylemişti. Aklımda kaldı işte..." dedi. "Yenilince kızar mı?" diye sordu.

Feza, "Kızar ama tatlı kızar. Ama acemiyle oynamayı hiç sevmez" dedi.

Gülseren, "Acemiysen, hiç oynama daha iyi" dedi.

Koray, "Acemi değilim ama çok pul kırarım, çenem de çalışır, rakibi kızdırırım" dedi.

Feza, "Aman ha!" dedi. "Aman fazla konuşma. Babam tavla oynarken çok konuşana gıcık olur" diyerek uyardı sevgilisini.

Böyle tavladan gülüşerek başlayan sohbet sürdü gitti. Koray tatlı diliyle, esprileriyle Gülseren'e sevdirdi kendini. Saadettin ile tanışmadan önce gereken puanları kayınvalideden fazlasıyla aldı. Neşeli bir sohbet oldu gerisi. Koray, ayrılırlarken Gülseren'in elini öptü, Saadettin Beyamcasına selam söyledi. Neşeyle ayrıldılar. Feza ve Gülseren gitti, Koray arkalarından el salladı. İkisi gözden kaybolunca hemen bir sigara yaktı.

***

Koray, Kapalıçarşı'dan çok güzel bir tavla satın aldı. Onu hediye olarak götürdü. Saadettin'i girer girmez kalbinden vurdu. Biraz sohbet ettikten sonra, Saadettin tavla oynamak istedi. Koray zaten tavla oynamak için geldiğini söylemişti. Koray başlar başlamaz, üst üste iki düşeş attı.

Saadettin, "Maşallah, sende ne şans var Koray! Yoksa zar mı tutuyorsun sen?" dedi.

Koray, "Bendeki şans hiç kimsede yoktur, Saadettin Beyamca" dedi. Sonra Ankara'daki fabrika arsasının satış hikâyesini anlattı.

Saadettin, onu hem keyifle dinledi hem de takdir etti. Koray sohbeti ve zekâsıyla girişkenliğini, şansını, ayrıca elinde kendi hayatını kuracak kadar para olduğunu da bir çırpıda anlatıvermişti. Sonra tavlaya geri döndüler. Koray hem iyi oynuyor hem iyi çene çalıyordu. Emekli Saadettin'e iyi bir tavla arkadaşıydı. Ayrıca, ne kadar şanslı olduğu da attığı zarlardan belliydi. Ama en önemlisi, Koray ilk partide ona bile bile yenildi. Saadettin bunu anlamış ve takdir etmişti. "Sonra bir parti daha atarız" dedi.

Saadettin ve Koray, çok iyi anlaştılar ve birbirlerini gerçekten sevdiler. Saadettin, kızı Feza'nın ne kadar neşeli ve mutlu olduğunu görüyordu. Koray ve Feza'nın birbirlerine bakışlarındaki aşk parıltısını da fark etmişti. Saadettin, yalnızca kızının mutluluğunu istiyordu, çünkü hayatı boyunca bunun için çalışmış bir babaydı. Feza'yı Mehmet ile evlendirme meselesi açıldığında olur vermişti ama "Feza isterse" demiş, başka bir şey dememişti. Koray'ı tanıyınca, Feza'nın neden Mehmet'le evlenmek istemediğini anlamış ve kızına hak vermişti. İkisi birbirine denk ve âşıktı. Çok iyi anlaşıyorlardı. Koray onu çok mutlu edecek biriydi. O akşam istese, o akşam verirdi kızını. O kadar sevmiş, beğenmiş ve kızına yakıştırmıştı damat adayı Koray'ı.

Aynı şekilde, Gülseren de sevmişti ama hâlâ içten içe Mehmet ile kıyaslıyordu onu. Feza belli ki, bu çocuğa âşık ama ömür uzun, diyordu içinden, sanki evlenmek için Mehmet daha münasipti kızına. Acaba hemen evlenmeseler, biraz gezip tozsalar, daha mı iyi olurdu? Belki bir anlaşmazlık olur, belki iş hayatında fikirleri değişiverir. İkisi de çok genç.

Mehmet olgun çocuktu, kendi hayatını kurmuştu, yeri yurdu, işi gücü belliydi. Feza da ona ayak uydurur giderdi. İki sevdalının başlarında kavak yelleri esiyor ve ayakları hiç yere basmıyordu. Biraz zaman vermek gerekirdi evlenmeleri için.

Zaten bu tam Feza'nın istediğiydi. Tabii Feza'nın nedeni başkaydı... Hemen değil, tadını çıkara çıkara evlenmek istiyordu. Annesiyle tanıştırmadan önce heyecanlanmışlardı, birlikte iyi vakit geçirmişlerdi, annesi Koray'ı sevmişti. Sonra babası Saadettin ile tanıştırma heyecanı yaşamıştı. Saadettin ve Koray'ın nasıl da güzel anlaştıklarını mutlulukla izlemişti. Bütün bunlar gelecek için eşsiz hatıralardı. Feza, taa yaşlanacağı zamanları düşünüyordu. Birlikte yaşlandıklarında bunları konuşacak ve çocuklarına, hatta torunlarına anlatacaklardı.

Gece geç saatlere kadar oturdular, neşeyle sohbet ettiler. Koray ve Feza, Ankara'da geçirdikleri zamanları anlattılar. Saadettin ve Gülseren onları keyifle dinledi. Koray'ın anlattıklarına ve esprilerine kahkaha atıyorlardı ara sıra.

Üst katta Meryem Hanım tümünü işitiyordu bu kahkahaların.

***

Koray'ı gece yarısı uğurladılar. Koray sevinçle bindi arabasına, hemen bir sigara yaktı. Her sigara yakışında, evlendikten sonra bir daha içmeyeceğini düşünüyor, Feza'nın hemen evlenmek yerine her adımı doyasıya yaşama fikrini biraz daha sigara içebilmek olarak görüyordu ayrıca. Her sigarada, ayrılık yaklaşıyordu Koray için.

Koray, geçici olarak arkadaşlarında kalıyor, ara sıra şiir yazıyordu. İstanbul'da yeniden ilham gelmişti şaire. Bir de iş buldu o günlerde. Böylece, "Acaba emlak ofisi mi açsam..." fikrini bir yana bıraktı. Feza'yı ikna edememişti birlikte dükkân açıp emlakçılık yapmaya. Feza'ya çılgınca geliyordu bu fikir.

Koray, bulduğu işin müjdesini önce Feza'ya, sonra Ankara'daki ailesine verdi. Feza'nın annesi ve babasıyla tanıştığını söylemişti onlara. Yakında onları kız istemeye çağıracaktı ama önce ev kuracaktı. Koray iyi bir iş bulmuştu ve ona göre bir ev tutacaktı. Zaten Feza'nın gözleri ne zamandır evlerdeydi. Koray'la birlikte o evlerden birini tuttular. İki sokak aşağıda, denize daha yakındı evleri. Feza'nın çok sevdiği sokaklardan biriydi bu, o apartmanı da severdi. Koray bir hafta sonra işe başlayacaktı, bir hafta içinde evi kurdular. Birlikte eşya seçtiler, birlikte döşediler. Dört dörtlük bir yuva yaptılar birlikte. Her şey tamamdı artık.

Feza evde ilk çayı demledi, balkonda oturup çay içtiler. Tabii Koray hemen bir sigara yaktı. Feza itiraz etti, yuvamızda sigara içme, dedi ama Koray dinlemedi. Koray, sigarayı evlendiklerinde bırakmaya söz vermişti, daha zaman vardı, ayrıca evin içinde değil, balkonda içiyordu. Üst üste sigara yaktı. Birden öksürmeye başladı. Yüzü kızardı, morardı. Feza sigarasını söndürdü, pakettekileri tek tek kırdı. Artık sigarayı bırakmasını istedi. "Bugünden itibaren bırak, bak bu öksürükler işaret olsun" dedi. Koray, tamam dedi ama yine içti.

Beşinci Bölüm

Koray, artık kendi evinde kalıyor ve işe gidip geliyordu. Feza da iş arıyordu hâlâ. Feza beğeniyor ama Koray beğenmiyordu bulduğu işleri. İstanbul o kadar büyüktü ki, işe iki üç saatte gidilebiliyordu ancak. Feza'nın o kadar uzak bir yere gidip gelmesini istemiyordu Koray, mümkünse işyerleri birbirine yakın olsundu.

Koray'ın ailesi İstanbul'a gelip Feza'yı istedi. Saadettin ve Gülseren memnuniyetle verdiler bir tanecik kızlarını, hemen söz kestiler, yüzük taktılar. Koray'ın ailesi bir haftadan fazla İstanbul'da kaldı ve dünürler her gün görüştü, bir güzel kaynaştılar. Bir akşam Saadettin ve Gülseren'in evinde, bir akşam Koray ve Feza'nın yeni yuvasında toplandılar. Feza, sürekli olarak birlikte çektiği fotoğraflarını Facebook ve Instagram'ına koyuyor, Koray'la birlikte yaptıkları özçekimlerini anında sosyal medyasında paylaşıyordu. Âdeta arkadaşlarına naklen yayın yapıyordu. Bu günleri çocuklarımıza anlatacağız, diyordu Koray'a. Çok mutluydu Feza.

Geceleri uzun uzun mesajlaşıyorlardı. Bir keresinde, şair ruhlu sevgilisinin ona yazdığı bir mesaj âdeta ayaklarını yerden kesmişti Feza'nın. Şöyle diyordu Koray: "Sen beni bana gösteren en acımasız güzelliksin. Gözlerine düşmüşüm bir kere, öyle hemen kalkıp gidemem. Gözlerinden başka sana giden yol da bilmem ben. O gözlere koca bir dünyayı sığdırdım. Sonunda kaybetmek olsa bile ilk adımı atmışım. Benimle kaybetmeye de var mısın?"

Feza'nın cevabı da bir o kadar şiirseldi: "Ancak içinde sen varsan bir kalp hazineye dönüşebilir. Benim gizli hazinemsin sen. Bana sunduklarınla yok işim; bana yeten sadece sensin."

Bu romantik itiraflar, karşılıklı mesajlaşarak devam etmişti sabaha kadar. Koray'ın yazdıklarından aldığı ilhamla, içinde gizli bir şair olduğunu keşfetmişti Feza.

"Sana kollarımı açmam bir soruysa, cevabın sarılmak olsun Feza."

"Sana kollarımla değil, kalbimle sarılmışım ben. Kalbimin en sevdiğim yanı, seni seven tarafı."

"Benim kalbimin öteki yanı yok. Artık onun adı senin adın. Vurulmuş o taraf. Aşk sağ gösterip soldan vuruyor. Ayrıca, sen hangi şehirde yaşıyorsan Türkiye'nin Başkenti orasıdır benim için :) "

"Sense benim için dört mevsimden daha fazlasın Koray."

"Öyleyse kendimi kalbimden öpüyorum aşkım; çünkü oradasın. Gözlerini öpüyorum her gece. Ve giderek açıyorsun aklımla kalbimin arasını."

"Gözlerinden değil, bakışlarından öpüyorum seni."

"Geçmişim bile enkaza döner, geleceğim sen olmayınca... Ne olur bırakma beni meleğim."

"Sen yoksan ben yarım meleğim. Ancak birleşince tamamlanıyoruz."

"Yarının ne getireceğini bilmeden çılgınca yarına inanmaksın sen."

"Senin kadar iyi yazamam şair ruhlu sevgilim benim. Yazsam da anlatamayacağımı biliyorum... Ama anlayacağından eminim..."

***

Koray, sözlendikten sonra müdürüne Feza'dan bahsetti ve şirkette ona bir iş vermelerini rica etti. Koray'ın ailesi döndükten sonra, müdür Feza için uygun bir pozisyon açıldığını söyledi. "Feza gelsin, bir görüşelim" dedi. Ertesi gün Koray ve Feza birlikte işe gitti. Asansörle çıkarlarken, Feza aynada Koray'a bakıyordu. Bir şey dikkatini çekmişti. Koray çok solgun görünüyordu.

"Aşkım, sen iyi misin? Rengin çok solgun" dedi.

Koray, "Ayna öyle gösteriyor. Ben iyiyim" dedi.

"Hayır hayır, aynadan değil. Kendi yüzüme de bakıyorum. Hasta filan mısın yoksa? Yüzün soldu birden."

Koray, "Sana olan aşkımdan sarardım soldum ben" dedi aynadaki yansımasını işaret ederek... Sonra sıkıca sarıldı sevdiceğine.

Altıncı katta indiler. Birlikte müdürün odasına gittiler. Koray ve Feza içeri birlikte girdi. Koray onu müdürüne takdim etti, sonra odadan çıktı. Feza iş görüşmesi bitince Koray'ın yanına gelecekti. Bu yüzden Koray çalıştığı kata indi, ofisine gitmeden önce, katın sigara içilen yerine geçti. Cam kafes gibi bir yerdi. Orada sigara içerken öksürmeye başladı, sigarasını bıraktı. Öksürük krizi iyice güçlendi ve nefesi kesildi. Sonra yere düştü ve bayıldı. Mesaiye geç gelen bir arkadaşı onu yerde gördü, hemen ofistekilere haber verdi. Onu şirketin doktoruna götürdüler.

O sırada kendine geldi Koray. "İyiyim" diyordu sürekli. Ama Koray hiç iyi değildi... Doktor ona iki gün izin verdi, hastanede tahlil yaptırmasını ve sigarayı bırakmasını söyledi. Koray, "Olur" diyerek ayrıldı doktorun yanından. Hemen yukarı çıktı.

Feza müdürle iş görüşmesini yapmış, işe alınmıştı. Koray'a bu müjdeyi vermek için onun çalıştığı katta dolanıyor, onu arıyordu. Koray'ı görünce boynuna sarıldı. Artık işe birlikte gidip geleceklerdi. İşe alındığı pozisyon, sandığından çok daha iyi ve geleceği parlak bir pozisyondu. Buna inanamıyordu, sanki bir mucize daha olmuştu.

Koray onun sevincine ortak olmaya çalışıyordu ama

hiç iyi değildi, hâlâ kendine gelememişti. Feza bunu fark etti.

"Neyin var senin? Kötü görünüyorsun" dedi.

Koray, "İyiyim Feza. Hatta benim de sana iyi bir haberim var. İki gün izin kopardım. Senin işini iki gün iki gece baş başa kutlayacağız" dedi.

"Atıyorsun!"

"Yoo, çok ciddiyim. Haydi gidelim."

"Nereye Koray?"

"Nereye olacak sevgilim? Evimize tabii."

***

Koray ve Feza birlikte çıktı. Koray iyi değildi hâlâ, o yüzden arabayı Feza'nın kullanmasını istedi. "Sen ve ben artık işe birlikte gidip geleceğiz. Gelirken arabayı ben kullanırım, dönerken sen kullanırsın Feza. Hemen başlayalım. Al bakalım anahtarları" dedi.

Yolda Feza iki kez doktora gitmesini söyledi. Koray da "Gideceğim" dedi ama şirkette düşüp bayıldığını ve zaten şirket doktoruna göründüğünü söylemedi. Eve gider gitmez yatağa uzandı.

"Aşkım galiba benim tansiyonum düştü. Biraz dinleneyim" dedi.

Feza ona hemen tuzlu ayran getirdi. Koray zorlanarak

içti, çünkü ciğerleri sökülecek gibi oluyor ve keskin ağrılar saplanıp geçiyordu. Koray'ın yüzü daha çok soldu, ciğerlerinden gelen sesler belirgin ve endişe vericiydi. Feza onu doktora götürmek istedi.

Koray, "Daha önce de oldu. Önemli değil. Biraz dinleneyim, geçer" dedi.

Feza onun halinden iki günlük izni hastalık nedeniyle aldığını anladı ve doktora gitmek için ısrar etti.

Koray, "O kadar önemli bir şey yok. Ciğerlerimi üşütmüşüm, üstüne sigara içince hırıltı yaptı. Bir iki gün dinleneyim, hiçbir şeyim kalmaz" dedi.

"Artık sigara içme Koray. Bırak şu zıkkımı."

"İyileşene kadar içmem."

"Hiç içme. Yeter artık. Şu haline bak. Canlı cenaze gibisin!"

"Öyleyse bi Fatiha oku. Hiçbir şeyim kalmaz."

"Dalga geçme Koray. Sağlığın şakası olmaz. Doktora gideceksin ve sigarayı bırakacaksın. Sigara yüzünden bu haldesin."

"Fezacığım, aşkım... Sigara hasta etmez, sadece öldürür! İki öksürdüm diye hemen sigarayı suçluyorsun. Bana sigara öksürtür yazan bir paket göstersene."

"İyi tamam Koray. Ben hiçbir şey söylemiyorum artık. İster doktora git, istersen de fosur fosur sigara iç. Sen bilirsin."

Koray, hem iyi görünmek hem de Feza ile konuşabilmek

için kendini zorluyordu. Bu konuşma bitince hemen uyudu. Feza yanında kaldı. Öksürüğünü yumuşatması için nale limon kaynattı ve onu uyandırıp içirdi. Koray tekrar uyudu. Ara sıra uykusunda öksürüyor, ciğerlerinden ince ince sesler geliyordu.

***

Koray'ın geçirdiği ilk baygınlıktı bu. Sonraki günlerde birkaç kez tekrar etti bu bayılmalar. Koray yine de doktora gitmedi, çünkü sigarayı bırak diyeceğini biliyordu. Koray zaten evlenince bırakacaktı ve bu yüzden hemen bırakmaya gerek duymuyordu. Koray'ın o gün şirkette bayıldığından Feza'nın haberi olmamıştı, ama bir hafta sonra işe başlayınca o da öğrendi. Kendisinden sakladığı için içerledi, küstü ona. Aynı şirkette birlikte çalışacaklarına bu kadar sevinmişlerken, ilk günleri biraz kırgın geçti. Koray tartışmayı, dargın kalmayı hiç sevmezdi. Hemen dağıtıverdi o karabulutları. Bir daha bayılacak olursa hemen hastaneye gideceğine ve sigarayı şak diye bırakacağına söz verdi. Sonra birkaç kez daha bayıldı ama hiçbirini söylemedi Feza'ya. Çünkü bir iki saatte kendine geliyor ve iyi hissediyordu...

Nişan tarihleri yaklaşırken hazırlık yapıyorlardı. Bir restoranla anlaştılar. Elli kişi çağıracaklardı ama yetmiş kişilik liste çıkmıştı. Şimdi, yirmi kişiyi eleseler mi yoksa yetmişini de çağırıp başka bir yerde mi nişan yapsalar, karar veremiyorlardı. Sonunda yetmiş kişiyi de çağırmaya karar verdiler. Feza, nişan için çok kalabalık buluyordu ama Koray bir kez olacak diyordu her şey için.

Nişan tarihi yaklaşırken, Koray evde yine bayıldı. Şirkette az sigara içiyordu ama eve gelince arka arkaya tüttürüyordu. O gün işte çok yorulmuştu. O yorgunlukla bir şey yiyip içmeden üst üste sigaraları yakınca birden başı döndü. Gerisini hatırlamıyordu. Yerde açmıştı gözünü ve saatler geçmişti. Daha fenası, bu kez ağzından kan gelmişti. Hastaneye gitmeye karar verdi. Çünkü nişan günü ya da gecesi de böyle bir şey olabilirdi, önlem almalıydı.

Ertesi gün Feza'dan habersiz gitti doktora. Evde bayıldığını da söylememişti tabii. Plan belliydi. Eğer doktor sigarayı bırak derse, hastaneye gittiğini söylemeyecekti. Sigaraya bağlı bir sorun değilse söyleyecekti.

İşe birlikte gidip geldikleri için Feza'yı atlatması kolay olmadı. Koray yalan söylemek zorunda kaldı. Koray ve Feza yalanı hiç sevmezdi. Birbirlerine hiç yalan söylemezlerdi. Bu hastalıktan nefret ediyordu Koray bu yüzden.

Ertesi gün, tahlil sonuçları çıktığında ummadığı bir gerçekle yüz yüze geldi. Akciğer kanseriydi ve tedavi olmazsa bir yıl ömrü kalmıştı. Tedavi olsa bile iyileşemeyebilir, ölümü geciktiremeyebilirdi. Koray bunları öğrenince yıkıldı. Artık bir yılla bir günün hiçbir farkı yoktu onun için. Kendisini değil, Feza'da bırakacağı acıyı düşündü. Kendisini sevenlerde bırakacağı acıyı…

Hemen dayısını hatırladı, çok sevdiği küçük dayısı genç yaşta akciğer kanserine yakalanmış, çok acı verici tedavileri kabul etmiş, yine de kurtulamamış, son günlerinde,

"Keşke hiç tedavi olmasaydım, bildiğim gibi yaşasaydım kalan günlerimi. Onlar da hastanelerde heba oldu" demişti. İşte Koray'a en çok bu sözler koymuştu. Dayısının ağrılar sızılar içinde geçen hastane günleri... Bir iki yıl demişlerdi ve on bir ay daha yaşamış, bir yılı bile dolduramamıştı.

Şimdi aynısını Koray yaşayacaktı. Sigaradan sanmıştı ama kalıtımsaldı besbelli. Dayısını gencecik yaşta alan akciğer kanseri, şimdi Feza'dan onu alacaktı. Can mı dayanırdı bu acıya? Feza ile evlenmeye karar verdikten sonra olan her şey bir mucize gibiydi. Ömrünün son nefesine kadar Feza'yla mutlu bir hayat geçireceğine inanmıştı. "Meğer son günlerimin hatırına gerçekleşen dileklerimmiş" dedi kendi kendine. Hiç sitem etmedi. Tersine, "Belli ki ecelim yaklaştığı için, genç yaşta Feza'dan ayrılacağım için onunla mutluluklar sunuldu. Buna da şükür" diyordu.

***

Tedaviyi kabul etse bile ölecekti, yaşayacağına hiç ihtimal vermiyordu. Daha beteri, bu acılara Feza'yı da ortak etmekti. Akciğer kanseri olduğunu öğrenirse yıkılırdı. Tedavi olmasını ister, sonuna kadar yanında olur, ona bakar, ona moral vermeye çalışır, ama günden güne eridiğini gördükçe yanar kavrulurdu Feza. Hele elinden gelen her şeyi yapmasına rağmen Koray ölünce hayata küser, belki de Allah'a gücenirdi.

"Hakkım var mı?" diye sordu kendi kendine. Bağırdı çağırdı, duvarları yumrukladı. "Hakkım var mı?" diye bağırdı evde. Deniz kıyısına gitti, kayalara çıktı, denize doğru bağırdı avaz avaz: "Hakkım var mı?"

Acı çeke çeke ölürken, öleceğini bile bile acı çekerken, bütün o acıları Feza'ya da yaşatmaya, ona bırakmaya hakkı var mıydı? Feza bu kadar genç ve bu kadar mutluyken, ona umutsuz acılar çektirip de gitmeye, ardında koyu bir yas ve izi silinmez acılar bırakmaya hakkı var mıydı?

Ağlayarak, "Yoooooooooooooooookkkkkkkkk!!!" diye bağırdı denize. Buna hakkı yoktu. Çekip gitmesi gerekirdi.

***

Koray, hastalığını herkesten gizledi. Kimseye bahsetmedi bundan. Tek başına ölmek istiyordu. Bir kedi gibi gözden uzakta, kuytu köşede eceline kavuşmak istiyordu. Ölümüne şahit olunmasını, öleceğini bilen insanların kendisine ölmeyecekmiş gibi bakmalarını istemiyordu. Feza, evliliğe giden yolu adım adım, sindire sindire, tadını çıkara çıkara yaşamak isterken, adım adım gittiği ölümün her acısını ona yaşatmaya hakkı yoktu. Hiç kimsenin gözünde, kendilerinin bile inanmadığı bir umut ışığı görmek istemiyordu. Yalnız değil yapayalnız ölmek istiyordu.

Gidecekti İstanbul'dan. Ankara'ya dönecekti. Doğduğu şehre gömülecekti. Ardında bırakacaktı o çok sevdiği Feza'yı. Son ana kadar öğrenmemeliydi öleceğini sevdiceği.

Kendini parçalaya parçalaya onu içinden sökecekti... Hayatından... Hayatının bir yıllık kalanından...

İşe gitmedi. Eve kapandı, sigara üstüne sigara içerek kara kara düşündü. Sosyal medyadaki tüm hesaplarını kapadı. Telefonunu açmadı. Defalarca geldi kapısına Feza. Açmadı. Karanlıkta oturuyordu sessiz sedasız. Gece yarısı Feza yine geldi, zili çaldı, kapıyı yumrukladı. Feza'nın anahtarları vardı ama Koray kapıyı sürgülediği için açamıyordu. Kapının önüne oturdu, ağlamaya başladı, ağlayarak konuştu umutsuzca.

"Koray, evde olduğunu biliyorum. Beni duyduğunu biliyorum. Kapıyı neden açmadığını bilmek istiyorum. Lütfen bana cevap ver. Lütfen benimle konuş, bana ne olduğunu söyle. Sana yalvarıyorum Koray. Lütfen şu kapıyı aç ya da bana seslen. Bari iyi olduğunu bileyim, yoksa kapıyı kırdıracağım. Git desen bile yeter Koray. Beni istemiyorsan bana git de yeter. Hiçbir şey sormam, yemin ederim. Sana hiç kızmam. Aşkım lütfen kapıyı aç. Beni istemiyorsan, istemiyorum de. Hiç istemiyorsan, öyle söyle. Sonra gelmemi istiyorsan, sonra gel de. Lütfen seslen bana aşkım. Ağladığını duyuyorum, hıçkırığını işitiyorum zaten. Lütfen bir şey söyle."

Kapının bir tarafında Koray, diğer tarafında Feza saatlerce ağladı. Ama açmadı Koray, açamadı. "Git" dedi sadece... "Beni seviyorsan git" diye bağırdı... Ama hiç açmadı o kapıyı... Feza ağlayarak gitti ve Koray kendini yerden yere vurdu arkasından. Ve şu sözleri yazdı odasının duvarına:

"Bazen mücadele etmek de zordur, mücadele etmek isteyip edememek de... Benim hikâyem, mücadele edince mutsuz sonla bitecek; vazgeçince sevdiğime daha az mutsuzluk vermiş olacağım çünkü.

Beyaz bir sessizlik, adı ne olursa olsun kırmızı yazılır duvarlara. Bak sessizliğin sesimi bastırıyor, yapayalnızım. O gün ansızın gelecek... Geçmişimde sen olacaksın ama geleceğinde ben olmayacağım. Biraz daha diren sol yanım, sağını solunu toparlayıp gideceğim bu aşkın. Ölüm geldiğinde ölmüş olmayacağım, zaten ben senden giderken öleceğim evvela.

Üzerime şimdiden lapa lapa yağıyor yokluğun. Kanserleşmiş mısralar adını heceliyor şimdi. Kanserleşmiş yarımsın. Okşadığım saçlarının tutam tutam acısı kalıyor ellerimde. Bir bilsen, bu vakit gecede adındaki hangi harfin yangını sarar ellerimi, yaralarımı, beni... Aman sevgilim rüzgâr savurmasın saçlarını... Ne yana savursan, bu bereketli acı gelir bulur beni. Boğazım, sen diye tıkanan bir lokmayla düğüm düğüm... Koca bir leke diye düştüm ömrüne biliyorum. Hani diyor ya şair, 'Giderken kıymeti kadardır adamın yeri'... İşte öyle olsun. Şimdi bu kirli yazgının hangi yanını maviye boyasam kalp batımına az kala yaklaşan bir fırtına... Sonsuzluk ve hüzün...

Ağzına biber sürülmüş bir çocuk gibi suskunum fakat ağzıma biber sürülmedi, yüreğime aşk sürüldü biraz ve yetti beni ömür boyu susturmaya. Sustum, kendime bile sustum ben ölüm gibi. Ölmek en kolayı, ya sonrası? Şimdi alabildiğine benim olan korkuların cesaretine muhtacım!

Cesaretten daha korkulu bir endişe duymadım ben. Duymadım ve ondan başkasına doğrultmadım kalbimi. İşte bu yüzden gittim. Beni bağışla, aşkım kadar yaşadım."

***

Koray hemen eşyalarını bir bavula topladı, dışarı çıktı. Bavulu arabasının bagajına koydu. Feza oradaydı, uzaktan izliyordu. Gittiğini sanmıştı ama o evine gidememişti. Karanlığın içinden çıkıp Koray'ın yanına geldi.

"Koray, ne oldu birdenbire? Senin neyin var?" dedi.

Koray ona sarılmak, sımsıkı sarılmak, hiç bırakmamak ve geberene kadar ağlamak istiyordu ama bunu yapamazdı. Elinden geldiğince katı durdu karşısında, duvar gibi, sağır gibi. Arabasına binecekken, Feza kapının önünde durdu.

"Nereye gidiyorsun Koray? Lütfen bana bir şey söyle" dedi.

Koray, "Gidiyorum. Beni arama, sorma. Beni öldü say ama toprağa gömme, çöpe at. Umursama beni. Unut gitsin" dedi.

Feza kulaklarına inanamadı, kırılmıştı, incinmişti, dizleri boşaldı. Düşüp bayılacaktı. Koray'ı tuttu birden, ona tutundu. Ama Koray iki elini de tutup indirdi.

"Aşk vazgeçmektir. Sen bunu anlayamazsın. Yaşarken ölmen gerekir" dedi.

Hıçkıra hıçkıra ağlayan Feza'yı kenara çekti, arabasına bindi ve gazlayıp gitti. Arabası karanlıkta kayboldu. Feza olduğu yere çöktü, orada saatlerce ağladı.

***

Feza kimseyle paylaşamıyordu derdini. Soranlara cevap veremiyordu. Kendisi de bilmiyordu ne olduğunu. Koray, Koray değildi artık. Başka bir insana dönüşmüştü. Hiç mi acımamıştı sevgilisine? Hiç mi üzülür diye düşünmemişti? Ama bilmediği şey, Koray bunu o üzülmesin diye yapıyordu zaten.

Feza yıkılmıştı. Hiç kimse Koray'ın nereye gittiğini bilmiyordu. Gülseren ve Saadettin de soruyordu ama onlara da hiç haber yok diyordu Feza. Koray'ın ailesi de bilmiyordu yerini, onlar da Feza'ya ne olduğunu soruyordu. O kadar insana, sevdikleri herkese haber vermiş, nişana çağırmışlardı. Hepsi Feza'ya soruyordu, Feza ise her soranla birlikte kahroluyordu. Bir kişi bile ulaşamamıştı Koray'a.

Ölürken tek başına olmak istiyor, hiç kimseyle konuşmuyordu Koray.

***

Yaşayan bir ölüye dönmüştü Feza. Ne yapacağını, kimden yardım isteyeceğini bilmez bir halde, ölmek ister gibi yaşıyordu. Utancından yerin dibine girmişti. Her şey bu kadar güzel giderken, birden ne olduğunu anlayamıyordu. Annesinden babasından utanıyordu, Meryem Hanımdan, komşulardan ve akrabalarından utanıyordu. Koray'ı tanımayanlar, hatta bazı yakın arkadaşları bile, "İstanbul Koray'ı bozmuştur" diyorlardı. Koray yoksul bir çocukken, birden eline büyük bir para geçmişti. İstanbul'da bir kız bulmuştu belki. Yine öyle bir para geçmişti belki eline, daha büyük bir paranın peşinden gitmiş de olabilirdi.

Böyle şeyleri duymak Feza'yı kahrediyordu. Çünkü Koray'ı tanıyordu, o asla paraya pula değer vermez, başka birine bakmazdı. Ayrıca yalanı yoktu Koray'ın, kimseyi yargılamazdı. Para meselesi ya da başka bir kız olsa, bunu açık açık söylerdi. Kim Koray hakkında böyle şeyler söylese, Feza kızıyor ve isyan ediyordu: "Yapmaz! Yapmaz! Yapmaz!"

Peki ama neden? İşte buna bir türlü yanıt bulamıyor, gece gündüz bunu düşünüyor, beynini binlerce böcek kemiriyor, yiyip bitiriyordu. Perişan olmuştu.

Gözleri morarmış, yüzü solmuş, bir ayda kurumuştu. Hiç iştahı yoktu. Bir lokma bile boğazından zor geçiyor, Gülseren ona bir lokma yedirmek için dil döküyor, evin içinde sürekli ah çekiyordu yüksek sesle. Feza bu ahların Koray'a olduğunu biliyordu. Meryem Hanım geliyor ah çekiyordu. Akrabaları ve komşuları gelip gelip ah çekiyordu. Feza her ah işittiğinde kalbine bir bıçak yiyordu.

Tabii mahallede dedikodu başlamıştı. "Mehmet'in ahı tuttu" diyorlardı. "İstemez misin Mehmet gibi adamı" diyorlardı. "Arif Beyin hakkını ödeyemezler. Aslan gibi oğlunu beğenmediler" diyorlardı ve hepsi de Feza'nın kulağına geliyordu. Tabii Saadettin ve Gülseren de duyuyordu bu lafları. Evlerine karabulutlar çökmüştü

***

İşe de gitmiyordu Feza. Oraya adım atamazdı artık. Nasıl da birdenbire her şey tersine dönmüş, altüst olmuştu, bir türlü inanamıyordu. Feza bir dert ortağı, bir sırdaş arıyordu kendine. Yakın arkadaşları bile Koray'ı suçlayınca bir kez daha yıkılıyordu. Mali'yi çok anıyor, "Keşke burada olsaydı" diyordu. O, diğerleri gibi onu yargılamazdı. Onu anlar, sahip çıkardı. Çocukluğundan beri bu böyleydi.

Artık aynalarla konuşur olmuştu Feza. Geceleri kalkıp kalkıp odasındaki aynada yansıyan yüzüne bakıyor, kızıyor, bağırıyor, ağlıyor, kendine sorular soruyordu. O gece de yine aynısını yaptı. Aynadaki çökmüş yüzüne baktı ve gözyaşları içinde konuşmaya başladı kendi kendine:

"Ne yapıyorsun? Hiç doğmamış bir güneşin batışına mı üzülüyorsun? Senin olmayanı kaybetmek niye bu kadar üzdü seni! Şimdiden sonra dönse ne olur? Neyi düzeltebilir artık, beni bunca yıktıktan sonra... Gecikmiş bir güneş ne kadar ısıtabilir ki kalbimi? Neden böyle yaptın Koray? Gitmek için mi geldin? Bir gün köklerinden kopartıp atacağı bir çiçeği neden sular ki insan? Neden geldin? Eskide kalanlarını unutmak, yenisini de eskitmek için baktığın bir yüz müydüm senin için? Oysa ben sana korkularımı bile korkmadan sundum, sense gelip oradan vurdun! Ya giderse korkusuydu vurulduğum yanım. Sen gitmekle de kalmadın; beni de ölümün kıyısına fırlattın. Oysa beni yaşamaya sen alıştırmıştın. Halbuki aşk, mutlu olmak adına dibini görmediğim bir uçuruma atlamaktı benim için. Sen bana ne yaptın böyle Koray? Bak sancağı düştü kalbimin.

Sensizliğin içinden hayata uzanan bir yokluğa yürüyorum. Gidebileceğim çok yer varken, kavuşabileceğim kimsem yok. Ama yine de yürüyorum işte. Yalnızlığımdan, yalnızlığıma doğru... Bir ölüm gibi gittin Koray. Benimse hayattan başka gidecek hiçbir yerim yok! Adımı bile unutacaksın belki ama ben senin adını taşıyan yabancılara bile adınla seslenemiyorum artık biliyor musun?

Bunca içimdeyken, nasıl biriktirmişsin bunca uzaklığı? İnsanın inanmadığı bir yalanın peşinden gitmesi miydin sen? Hâlâ seviyorum seni Koray... Bir iç kanama oldun bende. Ah sol yanım! Öksüz tarafım... Düşüyor kalbimin yaprakları. Solmuşluğundan değil, vefasızlığından!

Yağmurun yağmayışından da değil bu kuraklığım, senin olmayışından... Seni sevdiğim için artık utanıyor benden kalbim. Ah Koray! Kalbimi çok kırdın. Dilerim Allah'tan kırdığın yerden kırılırsın! Umarım, sebep olduğun yangınla ben de yakmam başkalarını...

Bir anlamım olmalıydı senin için. Böyle sebepsiz gitmemeliydin. Sahi ben senin için neydim? Benle kendine neyi anlatıyordun? O soruyu kaybedeli çok oldu değil mi? Ama ben hâlâ cevabın peşinden gidiyorum. Şimdi yollarda, yollardan daha yolsuzum. Oysa ben, senin kıvılcımlarınla içimdeki karanlık yolları keşfe çıkmıştım; bir yangınmışsın sen; içimi yaktığımla kaldım... İşin kötü yanı, ben sana senin bir yangın olduğunu bilmeden geldim; daha kötü yanıysa bunu bilseydim de yine gelirdim. Hadi söndür şimdi içimi! Benim gibi sessiz bir nehirden nasıl bir yangın çıkarmayı bildiysen... Sen neyi öldürdüğünü bilmeyen bir katildin; ah kalbim, sonunda sen de kim vurduya gittin!

Uğruna heba olunacak bunca şey varken, ben sadece seni seçmiştim. İnsan solunda taşıdığını sonunda bulamazsa ne hale gelir bilir misin? Ne acıdır ölümüne severken diri diri gömmek! Belki de hata bende. Çünkü aşk yalancı bir sürme. Ağlayacağımı bile bile çektim gözüme... Aynı denizin farklı kıyılarıyız şimdi seninle...

Bu acı şiirlerinden sıçramış olmalı hayata. Ve o hayat aldı senden beni, daha kıymetli neyi kaybedebilirdim ki? Gidilmeyen bir yol, açılmayan bir kapı hüznü içim. Ölümün elinden tutuyorum sanki. Her sabah batmaktan bıkmayan bir güneşle doğuyorsun. Bekleyişime umut oluyorsun ama yine gelmiyorsun... Beni hayatta tuta tuta öldürüyorsun. Belki de artık ben de senden gitmeliyim. Kaderine bırakmalıyım bu bedeni. Sürüklenecek olsam da tüm bağlarımı koparıp senden savrulup gitmeyi öğrenmeliyim. Solgun bir yaprak gibi... Savrulmayı, dalından kopan yapraklar bilir en iyi...

Aslında senin hiç suçun yok; ben aşkıma fazla güvenmişim. Kimin doğru olduğunu bilmesem de senin yanlış olduğuna artık eminim. Tehlikeli bir armağanmış bana kalbin. Aşk uzun süren bir ecelmiş. Hâlâ ölmeye devam ediyorum. Hiç kimseden başka hiç kimsem kalmadı. Bu yol nereye çıkmaz biliyorum. Dönüşüne dair giderek azalıyor umudum. Bana bıraktıklarınla oyalanıyorum. Bir süre tortularınla idare edip sonra çekip gideceğim söz. Ama senin gibi olmayacak gidişim. Hak edilmiş bir veda olacak ikimiz için de... Öyle ansızın kapatmayacağım kapıları. Çarpıp kapatılan her kapı ses bırakır, senin çarptığın kapı iz bıraktı bil. Ben senin gibi gitmeyeceğim...

Senden vazgeçmenin eylülündeyim. Aklı ve mantığı ele geçiren, aynı zamanda akla ve mantığa sığmayan bir duygunun içindeyim. Geriye bakarak gitmeye çalışıyorum. Kırık bir umut taşıyorum. Aklım sende kala kala senden gidiyorum Koray. İnsan yarısında terk ettiği filmin sonunu merak eder mi? Ediyorum. Tüm yelkenlerim yırtılmış ama ben hâlâ rüzgârdan medet umuyorum...

Terk etmek denen şiirin kaçıncı satırında unutur insan? Bunu en iyi sen bilirsin. Artık yatmalıyım. Yatağımdaki cehennem beni bekler. İyi geceler."

Altıncı Bölüm

Koray ortadan kaybolduktan bir ay sonra Facebook profiline, "Sırtıma saplanan bir bıçağın yavaşça çekilerek çıkartılması gibiydi gidişin. Tüm acılarından kurtuluyorsun... Ama ölüyorsun. Gönül isterdi ki... Ama istemedi işte... Kalbim kıyametine emanet" diye yazdı, ardından Mali'yi arayıp durumu anlattı Feza. Mehmet, ertesi gün ilk uçakla geldi İstanbul'a. Yanında olmalıydı Feza'nın. "Sırdaşım olarak kal ve benim için yaşa" demişti giderken...

Koray'ı birlikte aradılar. Ama geride tek bir ipucu bile bırakmamıştı Koray. Sanki yeryüzünden kaldırmıştı kendini. Bulamadılar. Artık bitmek üzereydi Feza.

O zor günlerinde hep Mehmet vardı yanında. Ona sarılıp ağladı, ondan derman diledi, acısını onunla hafifletti. Tek tutunabildiği dal Mali'ydi.

Aylar sürdü arayış. İstanbul'daki arkadaşlarını kapı

kapı gezdiler. Belki Koray oradaydı ama ona söylemezlerdi. Onlarla konuşurken Feza'nın gözleri ortalığı tarıyor, Koray'ın orada kaldığına dair bir iz bulmaya çalışıyor ve kendisinden utanıyordu bunu yaptığı için. Okuldan ortak arkadaşlarını aradı, yerini biliyorsanız lütfen söyleyin, diyerek yalvardı. Sonuç koca bir hiçti.

Feza'nın yaşadığı bu deprem onda kalıcı izler bırakacaktı. Hayata küstü. İçine kapandı. Ailesiyle büyük sorunlar yaşamaya başladı. Sanki bütün dünya ona karşı cephe almıştı. Biraz da olsa yazarak ferahlatabiliyordu içini. Kendisinden başka kimsenin bilmediği bir deftere döküyordu derdini. Söyle başlamıştı yazmaya:

"Geçmeyecek, belki zamanla acısı hafifleyecek ama geçmeyecek biliyorum. Kendime sürekli, 'Ne yaptım ki ben ona' demekten yoruldum. İnsan sebepsiz yere terk eder mi sevdiğini? Sağım solum bir bugünlerde. Gidişinin ayazıyla soğuyan kalbime hançer bile işlemez artık. Adını oluşturan harfler nasıl da kederli duruyor şimdilerde. Ay suskun, gök suskun, gün suskun, deniz suskun, kalbimden çıt çıkmıyor! Suskunluk koca bir keder örüyor kalbimin odalarına. Ruhumun gözleri kör, kulakları sağır... Ruhumun sessiz yankısından gölgen beliriyor Koray. Senin dışında her şeyi yaşamış gibiyim... En çok da ateşin kalbime düştüğü günü... Gidişini... Kalbimin üzerine basa basa gidişini.

Bir sessiz çığlıktan başka neyim kaldı ki? Noktasız bir cümle gibi kaldın satırlarda. Ne zaman oluk oluk kanasam sana sayfalarda, kelime kelime, cümle cümle yaramın gölgesi yatıyor. Ölecek gibiyim; bütün benliğimden sen fışkırıyor. Her yanıma, her yarama sıçrıyorsun. Bu kadar SANA bulaşmışken, başka kim temizler ki seni benden?

İnsan birdenbire mi kaybeder, birdenbire mi acıyla tanışır ve acı birdenbire mi umutsuzluğa bulanır? Mutluluğun nazlanmasına hüznün aklından geçenler neler? Anlatacağım acılar düne ait; sanki hiç olmamış gibi... Aynada anlamayan gözlerle bakıyorum içimdeki sana. Gidişine kurşun gibi düşecek bir damla gözyaşı... 'Hasrettir' diyeceğim. Ben acıyı susmak bildim senden gelenle. Sen kimbilir şimdi kimlere susuyorsun. Senin yasan aşksa, benimki kahırdır bilmiyorsun..."

***

O karanlık günlerde ona destek olan tek kişi Mehmet'ti. O, hep yanındaydı Feza'nın. Büyük bir fedakârlık ve özveriyle, onun bu durumu atlatabilmesi için elinden ne gelirse yapıyordu. Gündüzleri onunla vakit geçiriyor, onu gezdiriyor, değişik ortamlara sokup kafasını dağıtmasına yardımcı olmaya çalışıyordu. Geceleri telefonda onunla saatlerce konuşuyordu.

Ve Mali'nin aşkı... Aşkı hâlâ ilk günkü gibi taptaze duruyordu içinde. Zerre eksilmemişti. Öl dese ölürdü. Onsuz geçen zaman içinde hayatına hiç kimse girememişti Mehmet'in. Aşkına sadık kalmış ve bir umutla beklemiş durmuştu. Şimdi o kadar karmaşık duygular içindeydi ki...

Feza'nın durumuna üzülüyor ama bunu asla bir fırsat olarak görmüyordu. Evet, hâlâ âşıktı, hâlâ çok seviyordu ama şu anda tek istediği şey onun kendisiyle değil mutlulukla yan yana durmasıydı. Öncelik buydu.

Koray'lı ya da Koray'sız, nasıl olursa olsun yeter ki Feza mutlu olsun. Onun mutluluğu için her şeyden vazgeçebilirdi. Belki de aşk vazgeçmekti.

Aylar süren çabalar sonunda yitirdi umutlarını Feza. Artık onu bulamayacağını biliyordu. Anlamadığı tek şey, neden gittiğiydi. Yapacak bir şey kalmamıştı. Kaldığı yerden devam etmeye çalışacaktı hayata. Neyse ki Mali vardı yanında.

***

Zaman ilerledikçe, kalbi bir yakınlık duymaya başladı Mehmet'e. İçine düştüğü bunalımın sonucu muydu yoksa Koray'ın ansızın çekip gitmesine bir tepki miydi bilemedi. Bir tarafta hiçbir şey söylemeden aşkın tam ortasında çekip giden biri, diğer tarafta ona yardım ederken, âşık olduğu halde en küçük bir karşılık beklemeden onu sevmeye devam eden ve ona her an yardım eden başka biri... En kötü zamanında yanında olan Mali'ye bir gönül borcu olduğunu biliyordu. Geceleri gizli gizli kendisi için ağladığını da...

Bir savaş alanının tam ortasında kalmış kırık ve yenik yüreğiyle, en sonunda sığındı Mali'nin korunaklı limanına.

Kendisini sarmasına izin verdi. Ve evlendiler sonunda. Hayatın bu şekilde devam edeceği varmış. Kaderleri böyle yazılmıştı. Feza, Koray ile mezuniyet balosunda dans ederken Mehmet'in gönderdiği elbiseyi giymişti. Şimdi ise Mehmet ile evlenirken Koray'ın verdiği gelinliği... Kıyamadı başka bir gelinlik giymeye. İçindeki Koray yaşıyordu hâlâ...

***

Mehmet'le evlenince, birdenbire kendini büyük bir zenginlik ve ihtişamın içinde buldu Feza. Onu seven bir kocası vardı. Mutlu olması için gözünün içine bakan, çevresinde dört dönen bir eş. Daha ne isterdi ki bir kadın? Sevmek, sevilmek, saygı duyulmak, önemsenmek, hatta baş tacı edilmek... İstediği her şeyi fazlasıyla veriyordu ona Mehmet. Ama yine de bir şey eksikti sanki... Mali, fark ediyordu bunu. Aklının bir köşesinde Koray'ın yaşadığını hissedebiliyordu. Bir gün Feza'nın duygularını döktüğü gizli defterini buldu ve okumaya başladı satırları:

"Yaran ne kadar derinse şarkılar ve şiirler de o denli işler içine. Sığ yaranın derinliği de olmaz" demiştin ya hani... Öyle işliyor ki içime şarkılar. Ama suç onlarda... Şarkılar bu kadar tuzak kurmasa bana, çoktan unuturdum ben seni. Bu derdi hangi şarkı azaltır şimdi? İçinde adının geçmediği ama seni anlatan ne çok şarkı varmış be sevgili...

Kızgın ve kırgınım sana. İntikam hırsı bürüyor bazen içimi. Senden alamadığım intikamın bana nasıl bir yenik-lik duygusu yaşattığını bilsen yerimde olmak istemezdin! Ah acım... Neden düşlerimizle çoğalttıklarımızı hayat bize eksilterek veriyor? Zamana mı bırakmalıyım cevabı? Zamana güvenme; o da gelip geçiyor...

Ölmüş gibisin Koray. Sanki bir ölüm acısı çekiyo-rum. Bilirsin, ölüm acısı kalanların yaşadığı bir acıdır, ölenlerin değil. Ucuz gittin be sevgili. Issızlığımı avuta-cak bir miras bile bırakmadan gittin. Bak, ölümün bile kalitelisi var. Mirassız ölüler, yaşarken de ölüdürler! Yokluğun mu? O da süsüm olsun benim; ki en yakışandır ömrüme...

Ölümüne sevdik evet. Ama hangimizin hangimize me-zar olacağını bilemedik. Kim kimin mezarında yatacak-tı? Ayrı mezarlarda yatan iki ayrı ölüyüz şimdi. Ben seni ömrümün sonuna kadar yaşamak isterken sen benim öm-rümün sonu oldun. Ayrıldık! Daha kaç şiir yaşatabilirsin beni? Vazgeçtiğin kadarınım işte... Bu kadar kötü olma-saydın, hayatımda hiçbir boka yaramayan insanlar bana bu kadar iyiymiş gibi gelmeyecekti be Koray.

Gidecek hiçbir yol yokken bir yolcu gibi beklemek öyle zor ki. Öyle zor ki senden gönderilmek... Şimdi sakin bir boşluğa sığınmak istiyorum. Senden öncesi, bizden sonrası gibi bir boşluğa...

'Git' demiştin giderken; keşke git demek kadar kısa sürse gidebilmek. Sesinde bir çığlık vardı bunu söylerken; sessizliğinde bile kendini ele veren... Gözlerinde, 'böyle bitmemeliydi' yazıyordu ama sen gidiyordun. Gittin... Beni hiç dinlemedin...

Anlamadım ben senin dilini. Keşke dönsen ve göz göze konuşsak.

Yeniden sevebilir miyim ki seni? Bir yanlış daha kaç kere sevilebilir ki? Dağıttığın düşlerimi, toplamak bana düş'tü. Gözyaşı toplayıcısı oldum ben. Tekrar güvenebilir miyim sana bilmiyorum. Yıkıldı sana olan inancım. Ama seni seviyorum hâlâ... Sevdiğin birine güvenebilirsin; peki güvenmediğin birini sevebilir misin? Kendimle çelişkideyim.

Ben sana aşktan yapılma bir merdivendim ama sen çıkmasını bilmedin. Şimdi seni şiir diye yazsam kâğıtlardan düşersin. Ve bilirim ki bir şaire şiir yazmak cahil cesaretidir.

En çok ayrılıktan korkuyordum. İnsanın korktuğu başına gelirmiş. Şimdi senden korksam, başıma gelir misin?"

Mehmet, gözyaşları içinde okudu bu satırları. Onlar evlenmeden önce yazılmıştı ama olsun. Hâlâ onu seviyordu besbelli. Hem ağlıyor hem okumaya devam ediyordu. Defter ilerledikçe kısalıyordu yazılar. Değişiyordu da... Bazen sitem ediyordu Koray'a "Hayat dalın kırılsın" diyordu satırlarında. "Uğurlamadan gidenimsin. Bir aşk için kaç sevilme ihtimali yaktım biliyor musun?" diyordu bazen de... Bazı satırlarda da açık bir çağrı vardı: "Bir gün kendinden nefret edersen bana gel. Seni sana yeniden sevdirebilirim. İnşallah gelirsin. Dilinde umudu diri tutan bir 'inşallah'ı olmalı insanın."

En çok da şu sözü yaralamıştı Mehmet'i: "Kolumda bir yabancıyı görmenin kurtulmuşluk duygusunu yaşatmayacağım sana! Bıkmadan seni bekleyeceğim ve seni beklemeyi hep gözüne sokacağım!" Ve devam ediyordu satırları: "Özlediğin yerde olacağım, ta ki özlemeyene kadar."

Yazdığı her satırın altında gün ve saat vardı. Ne zaman yazdığı kolayca anlaşılıyordu böylece. Hep geceleri yazmıştı bunları. Ve her yazıyı, "İyi geceler; sensiz hangi gece iyi olacaksa" diye bitirmişti. Bazen kendisinin başka biri için terk edildiğini düşünüyor ve sitem ediyordu satırlarında Koray'a, "İkimiz de sarılıyoruz şimdi, sen başkasına ben yokluğuna. Benimle kapatamadığın yaralarını şimdi başkalarıyla mı saracaksın?" diye soruyordu acı acı. O kadar çok gelgit vardı ki satırlarında... O notun ardından, "Sanırım yeterince terk edemedin beni? Bak hâlâ seni bekliyorum" yazıyordu mesela. "Susarsan yaralanırım. Konuş ve öldür beni" diyordu sonra.

Mehmet, eski yazılanlara hızla bir göz gezdirip sonlara doğru gelmek istiyordu. Ama arada da hiçbir şeyi kaçırmak istemiyordu. Feza ile evlendiklerinden sonra ne yazdığı daha önemliydi onun için. Defter kısa bir yazıyla bitiyordu. Sonrasında hiçbir şey yazılmamıştı.

"Değiştim biraz. Kendimle barışmam uzun zaman aldı. Bir başkasını beni anlamaya ikna etmem çok daha uzun sürer biliyorum. Buna da alışırım. Hayat devam ediyor çünkü... Gündüzü anlamak için geceyi beklemek gerekiyormuş. Uzun bir yoldu ve bitti. Çok sordum kendime, 'Gidişi en çok neyi bırakacak geriye, onsuzluğu mu, onun gibi birini bulamama korkusunu mu?' diye. Cevabı biliyorum artık. Sen ölürsün, hayat devam eder ama hep bir eksikle. Kimse kimsenin yerini dolduramıyor, zaten doldurması da gerekmiyor. Sevgiyle yâd edeceğimiz birileri kalmalı geride ve onların yerleri başkaları tarafından doldurulmamalı bence. Eskide kalmalı, eskimeli bir şeyler. Her şey eskisi gibi kalabilseydi, hiçbir şey eskimezdi. Yoksa ne varlığına doyuluyor, ne yokluğuna dayanılıyor. Ama hayat bizden hep bir bedel istiyor. Hayatın devam edebilmesi için bu bedellerin ödenmesi gerekiyor. Çocukluk bile, büyümekle kaybedilen bir cennet oluyor. Büyüdüm ve çocukluğumu tüm masumiyetiyle birlikte kaybettim. Sen benim çocuk kalbimin çocuk aşkıydın. Ve çocukluk aşkı bir kere yaşanırdı; ben sende o hakkımı kaybettim.

Hem çoktandır tanıyor gibiyim seni, hem daha demin gibi. Ama dün ilk defa selam vermeden geçtin aklımdan ve bu sabah uyandığımda yüzün gözümün önünde değildi. Sanırım unutuyorum seni. Zihnimin kör noktasısın artık. Ölsem de kurtulamayacağım bir ruh bataklığı; önce acıyla çarptığın, sonra yarama sardığın... Ne olur kusuruma bak sevgili! Bak ve gör eserini..."

Bu satırlardan sonra biraz duraksadı Mehmet. Evet, bir vazgeçiş vardı ama yine de tamamen bittiğine dair bir işaret göremiyordu yazılanlarda. Bunu bir daha düşünmemek ve asla Feza'ya söylememek üzere kapattı defteri. İçinde kaygılı bir huzur dolaşıyordu.

***

Peki, bütün bunlar yaşanırken, Koray ne yapıyordu? Koray, bavuluna tıktığı az buçuk eşyasıyla Ankara'ya gitmiş, ailesine bile haber vermeden, gözlerden uzak bir semtte tek başına yaşamaya, daha doğrusu kalan günlerini doldurmaya başlamıştı. Ölümü karşılamaya gitmişti Koray. Yazmaya başlamıştı yeniden. Yazdıkça acısını unutuyor, ölümünü çabuklaştırıyordu sanki. Ankara'da yaşadığı gizli gecekonduya taşındıktan günler sonra şöyle yazacaktı... Yazacaktı ama kimse bilmeyecekti...

"Adımın ilk harfini öldürerek başladım seni unutmaya. F'den sonrası 'Eza' oldu bana. Yine de gülümsedim adını andıkça. Adını güldüm sonra... Kalbimin her atışı sana doğruydu bilirsin. Ama şimdi ölüme adım oluyor her vuruş. Artık sana yuva olamam be sevdiceğim. Bunu yazarken ağlıyorum. Gözlerimden akan ne ki? Sen daha içimdeki okyanusu görmedin ki...

Ben bu hazin hikâyeyi tenime adınla kazıdım. Bundandır bunca yara. Fakat asıl kalptedir yara sızlar... Ama anlamaz bunu yarasızlar... Böyle biteceğini bilemezdim. Ayaklarının altına çiçekli bir yol sermek isterdim ama ne bileyim kan/serdim... Özür dilerim. Böyle veda etmek istemezdim. Ey hayat! Bir bana mı kısasın?

Zaten hangi kavuşmam tam oldu ki vedam adam gibi olsun. Varmamak için yürümenin bıkkın adımlarıyla ölüme gidiyorum şimdi. Bilemezdin sevgilim; beni hayatına almanın bir gün seni incitebileceğim anlamına gelebileceğini... Aşkta kalbini kıracak kişiyi kendisi seçer insan, bir çuval pirincin içinde duran tek bir beyaz taşı bulmak kadar zor olsa da aşk...

Hayaller sınırsız, gerçekler sınırlı olunca iki kere inciniyor insan. Bedeller ödeye ödeye biriktirdiğim geçmişimi yok pahasına bir ölüme satıyorum şimdi. Nefes olsam çekilmem artık. Oysa her şey ne kadar güzel başlamıştı? Birbirini çok iyi tanıyan iki yabancı gibi ilerlemiştik birbirimize. Gözünde çok büyümek değil, kalbinde yavaş yavaş büyümekti dileğim. Ama olmadı işte...

Bak, söze ne zaman mutlu anlarımızı anlatmak için başlasam hep kötü şeyler geliyor aklıma. Bırak böyle olsun. Bir gün de kaideler istisnayı bozsun! İnsan hafızası böyledir işte. Kötü anıları hep aynı yerde biriktirir. Bu yüzden bir tekini hatırlasa insan, peşinden hemen ötekiler de gelir. Dünlerimi düşününce yarına olan arzum yok oluyor. O yüzden bırak beni bugünde kalayım. Şunun şurasında ne kadar ömrüm kaldı ki zaten. Sen de yoksun. Daha da yaşarsam namerdim, ölümüne gömün ulan beni!

Beni kendinden fazla sevme Feza. Değmem buna. Sadece affet. Sıradan insanların nefretinde affa yer yoktur. Sen onlardan değilsin biliyorum. Affetmesen bile hiç olmazsa nefret etme. Derdini benim içime at. Ben çekerim. Ha, bu arada dün rüyamda gördüm seni. Sımsıkı sarıldık birbirimize. Ve usulca fısıldadın kulağıma: 'Hâlâ o kadar uzağımdasın ki...'

Ah sevgilim bilsen... Ama bilme sen! Rüyamda, ellerimdeki yalnızlık kalbimdeki sızıya dönüşüyordu. Güzel bir rezillikti aşk ve bize çok yakışıyordu!"

***

Doktorun yazdığı ilaçları almak için gittiği eczacı kızdan başka kimseyle, zorunlu olmadıkça konuşmuyordu Koray. İlaçları da sadece ağrıları dayanamayacağı hale gelince alıyordu. Aslında bir an önce ölmek istiyordu.

"Bir aşk, bir ölüm, bir ömre yeter" diyordu.

Fatma'ydı eczacı kızın adı. Koray'ın durumu dikkatini çekmişti. Birdenbire ortaya çıkan Koray'ı hiç kimse tanımıyor, bu genç yaşta inziva hayatı yaşıyordu. Yüzü hep solgun ve mutsuzdu. Halinden belliydi mutsuzluğu. Kimsesiz biri gibi, bir hayalet gibi yaşıyordu. Eczaneye giriyor, selam verip sadece ne istediğini söylüyor, ilaçları alınca iyi günler deyip çıkıyordu. Doğru dürüst yüzüne bile bakmıyordu Fatma'nın. Başı hep eğikti.

Yine eczaneye ilaç almaya geldiği bir gün Fatma onunla konuşmak istedi: "Anladığım kadarıyla ilaçlarınızı düzenli kullanmıyorsunuz, doğru mu?" diye sordu.

Koray, yılgın ve vazgeçmiş bir ses tonuyla, alay eder gibi cevap verdi: "Yoo. Gayet düzenli gidiyorum ölüme."

"Bakın, kullandığınız ilaçlardan nasıl bir hastalığınız olduğunu anlayabiliyorum. Umudunuzu yitirmeyin. Bu hastalıktan kurtulan insanlar da var..."

"Benim birkaç ayım kaldı. Umut yetiştirmek için çok az bir zaman."

"Siz yine de umudunuzu yitirmeyin" dedi ve bir doktorun kartvizitini uzattı Fatma: "Bu hastane çok iyidir. Özellikle bu doktora gidin, çok başarılı biridir. Kurtulmaz denen birçok hastayı iyileştirdi. Bir görünmenizi tavsiye ederim."

Koray, inanmayan gözlerle baktı Fatma'ya. Hiç umursamadı. "Hıh" dedi sadece ve sırtını dönüp çıktı dışarı. Kapının önüne çıkar çıkmaz da eli üst cebinde duran sigara paketine uzandı. İçinden bir dal çıkarıp dudaklarının arasına yerleştirdi.

"İşte benim doktorum bu" dedi. "Hem ilacım, hem celladım."

Çakmağını bulmak için ceplerini yoklarken, bir el uzandı ve çekip aldı dudaklarının arasından sigarasını. Fatma'ydı bu. Ağzı açık bakıyordu Koray. "Madem az zamanınız kalmış, eczanemin önünde ölmeyin bari. Müşterilerim olumsuz etkileniyorlar sonra" dedi ve biraz önce uzattığı, Koray'ın almadığı kartviziti onun dudaklarının arasına koydu.

***

Her gece olduğu gibi, göndermeyeceği bir mektup daha yazdı Feza'ya. Ama bu gece yazdıkları daha bir başka oturmuştu içine... "Gitmek iz bırakır geride kalanda. Ama ben gitmekten çok kalmamak istiyordum" diyordu satırlarında. "Sen hiç uyanmamayı isteyerek uyudun mu her gece?" diye soruyordu. Kafasını masaya koydu ve mektubun üzerinde ağlamaya başladı. İlk kez acıların en derinini hissetti içinde. Bu çok farklıydı. Günleri azalıyordu. Artık hiçbir geleceği yoktu ve bu genç yaşta hep geriye bakıyor, günlerini geriye sayıyordu. Acaba ne kadar kaldı? Bugün son mu, yoksa bir gün daha geçer mi böyle? Bir şiir daha çıkar mı bu acıdan?

Cebinden, Fatma'nın verdiği kartı çıkardı. Buruşturup çöpe attı. Kâğıt parçasına bakarken daldı gitti uzaklara. Soluğu kesildi, nefesi tutuldu yine, başı dönüyordu, bilincini yitiriyor gibiydi. Yere yığıldı. Bu krizleri her yaşadığında tatlı bir uyku çöküyordu içine. Her krizde önce direniyor, sonra bırakıyordu kendisini. Ölüme teslim oluyor, sonsuz bir rüyaya dalacakmış gibi hissediyor ama gözlerini açınca düş kırıklığı ile uyanıyordu. Her seferinde artık bitsin istiyor ama gözlerini yeniden açınca, bir gün daha, bir şiir daha diyordu. Hâlâ noktayı koyamamıştı son sözlerine.

***

Öğlene doğru açtı gözlerini halının üstünde. Her yanı uyuşmuştu, kıpırdayacak hali yoktu ama yine de kalkmak zorundaydı. Sandalyeye oturdu, başını masaya dayadı, derin nefesler alarak açıldı. Çay ve sigara içmek istedi. Önce bir lokma yiyeyim, dedi. Dolaptan peynir ve zeytin çıkardı. Ekmek, kâğıda sarılı olarak duruyordu poşetin içinde.

Çay demlenirken birkaç lokma yedi zorlanarak. İki zeytin, biraz peynir... Bu sırada ekmeğin sarılı olduğu gazete kâğıdında sinema ve tiyatro ilanlarını gördü. ODTÜ Tiyatro Topluluğunun ilanı da vardı. Şehir Tiyatrolarının salonunda sahne alacaktı. Gözleri doldu. Eski günlere gitti. Üniversite yılları, Feza ile geçen o muhteşem yıllar gözünün önünden film şeridi gibi geçti yine.

"Bir aşk, bir ölüm, bir ömre yeter" dedi içinden.

***

Akşama doğru şehir merkezine gitti. Feza ile günlerini geçirdiği yerlerde bir hayalet gibi dolaştı. Ayakları onu Şehir Tiyatrolarının salonuna çıkarmıştı. Önünden dalgın bitkin geçerken, birden afişlere gözü kaydı. ODTÜ Tiyatro Topluluğunun afişini orada da gördü. İçeri girdi, saate baktı, oyun başlamak üzereydi. "Son oyun" dedi kendi kendine. İzleyeceği son oyun bu olacaktı: Romeo ve Jülyet.

Oyunu izlerken gözleri doluyor, yaşlar süzülüyordu yanaklarından. Hem oyunu izliyordu hem de Feza ile geçen günleri geçiyordu gözünün önünden. Her günü, her anı yeniden yaşıyordu. Oyun bitince seyirciler ayağa kalktı.

Herkes ayakta alkışlıyordu. Bir tek Koray oturuyordu yerinde. Arkadan iki güçlü el, onun koltukaltlarından tutup kaldırdı. Koray döndüğünde, Hüseyin'i gördü. Hüseyin Ağabeyi, oyunu tam arkasında izlemiş ama Koray onu hiç fark etmemişti. Hüseyin de onun gözlerinden boşalan yaşları gördü ve eliyle sildi yanaklarını. Koray'ın gözyaşlarıyla ıslanan avuç içlerini öptü ve alkışlamaya devam etti. O alkışlayınca Koray da alkışladı.

Oyundan birlikte çıktılar. Hüseyin, "Ne bu halin?" diye sordu. Koray omuz silkti, hiçbir söylemek istemedi. "Nerelerdesin sen Koray? Telefonun servis dışı. Sosyal medya hesapların yok olmuş gitmiş. Hiç haber alamadım senden. Feza'nın Facebook adresini buldum, ona sordum, kayboldu gitti birden yazdı. Niye yaptın böyle bir şeyi?"

Koray, başını eğerek, "Öyle gerekiyordu Hüseyin Ağabey. Bazen vazgeçmek gerekir. Her şeyden vazgeçtim" dedi.

"Hiç kimse durup dururken her şeyden vazgeçmez. Hele senin gibi genç, hayat dolu bir delikanlı asla aşktan vazgeçmez."

"Ben vazgeçtim işte ağabey."

"Peki neden? Aklını mı kaçırdın? Berbat görünüyorsun."

"Öyleyim ağabey."

"Derbeder misin? Çilekeş misin sen? Uyuşturucuya mı bulaştın? Ne bu halin ya? Koray değilsin sen!"

"Koray öldü ağabey. Ben de gün sayıyorum. Akciğer kanseri çıktı bende ağabey. Bir yıl ömrün var dediler. Ben de her şeyi bıraktım. Hiç kimseye söylemedim. Hiç kimse benimle birlikte acı çeksin istemedim. Buna hakkım yok."

"Neden olmasın? Feza kansere yakalansa, sen yanından ayrılır mıydın? Son anına kadar yanında olmak istemez miydin?"

"Hiç ayrılmazdım, ağabey. Onunla gömülürdüm. Ama Feza'ya kıyamam. Beni anlamak için benim kadar âşık olman gerekir."

"Niye bana haber vermedin?"

"Neye yarardı, ağabey? Seni de boşuna üzmekten başka..."

"Seni tedavi ettirirdim. Gençsin, âşıksın, bunlar seni hayatta tutmaya yeterdi. Neden hemen teslim oluyorsun? Hemen hastaneye gidip sağlık kayıtlarının hepsini alıyoruz, sonra seninle doktora gidiyoruz. Benim eski bir dostum var. Çok iyi doktordur. Haydi hemen!"

"Nereye ağabey?"

"Önce sağlık kayıtlarını alacağız."

"Yok ağabey kayıt filan. Ben tedavi görmüyorum. İstemedim. Boşu boşuna bir sürü acı çekerim ama sonuç değişmez. Üç ay fazla yaşamak için neden kalan bir yılımı zehir edeyim?"

"Sanki zehir etmedin! Yürü haydi! Gidiyoruz. Neymiş şu hastalığın durumu öğrenelim."

***

Hüseyin'in eski dostu, eczacı Fatma'nın kartvizitini verdiği doktordu. Koray tedavi istemese de, Hüseyin baştan aşağı bir tahlil yaptırdı. Doktor konulan teşhisin doğru olmayabileceğini söyledi, çünkü Koray'ın anlattıkları bir akciğer kanserinin seyrine benzemiyordu, belirtileri benzerlik gösteren başka bir hastalık da olabilirdi. Çünkü Koray çok sigara içiyordu. Günlük değerler yanıltabilirdi.

Hüseyin, fabrika kurulduktan sonra Ankara'ya yerleşmişti. Artık orada yaşıyordu. Koray'ı bırakmadı, evine götürdü ve ne olursa olsun son nefesini verene kadar hayatta kalmak için çaba harcaması gerektiğini söyledi. O nasıl ki Feza için elinden gelen her şeyi yapmaya karar verdiğinde mucizevi şeyler olmuştu, yine öyle mucizeler gerçekleşebilirdi. Koray'ın bunu düşünebilmesi gerekirdi. Üzüntüyle sitem etti Hüseyin. O bilseydi, ne yapar ne eder, Koray'ı tedavi ettirir, Feza'yı bırakmasına engel olurdu. Belki hâlâ bir umut vardı, belki çok geç kalmışlardı. Aradan aylar geçmişti.

Ertesi gün doktor, Hüseyin'i aradı ve Koray'da kesinlikle akciğer kanseri olmadığını söyledi. Ona yanlış teşhis konulmuştu. Koray'ın hastalığının tedavisi mümkündü üstelik. Tedaviye sigarayı bırakarak başlayacaktı. Koray birkaç ay içinde kendisini toplar, gereken tedaviyi harfiyen uygularsa hastalığı bir yılda tümüyle geçerdi. Koray hem sevindi hem yıkıldı. Yazık etmişti kendine. Feza'ya yazık etmişti. Bir yıl heba olmuştu.

Şimdi geri dönecek, ona her şeyi anlatacaktı. Kimbilir ne kadar üzülmüş, özlemişti? Onu hemen aramak istedi ama kendisini toplayıp yanına gitmeliydi. Birden çıkacaktı karşısına, birden kaybolduğu gibi...

Sürpriz yapacaktı Feza'ya. Artık ona geri dönebilirdi. Her şeyi anlatırdı baştan sonra. Bağışlardı mutlaka. Yarım kalan aşk, kaldığı yerden devam edebilirdi. Hüseyin'e tekrar tekrar teşekkür etti. Son sigarasını içti ve paketi attı. Hüseyin'le birlikte hamama gittiler, sonra berbere. Yeni elbiseler aldı. İyi görünüyordu. Yüzü aydınlanmış, gözleri parlamıştı yeniden. İstanbul'daki ev ne olmuştu acaba? Bir başkası mı tutmuştu, yoksa Feza orada mı oturuyordu tek başına?

***

Hüseyin, "Yol ağır gelir, birlikte gidelim İstanbul'a" dedi ama Koray tek başına gitmek istedi. Bir an bile durmak istemiyordu. Hemen arabasına atladı. Önce baştan aşağı yıkattı. Sonra yola çıktı. Feza'yı aramak için can atıyordu ama karşısına elinde bir buket çiçekle çıkmak istiyordu. Doyasıya sarılmak ve ondan sonra anlatmak her şeyi... Olanları telefonda anlatamazdı Feza'ya, yalnızca geliyorum dese, yine olmazdı, ona bir açıklama gerekirdi. Yol geçmek bilmedi.

Doğru kendi evine gitti. Bir yıllık kirasını peşin vermişti. Bıraktığı gibi duruyordu. Her yer tozlu ve kirliydi. Kül tablasındaki sigara izmaritleri bile duruyordu. Hiç dokunulmamış, hiç kimse girmemişti eve. Odasının duvarına yazdığı yazıyı görünce yüreği burkuldu. Demek Feza adım atmak istememiş ya da hiçbir şeye dokunamamıştı üzüntüsünden. Elinde bir buket çiçekle Feza'nın sokağına gitti. Bahçe kapısının karşısında bekledi. Koca çınar ağacının gövdesinin arkasında saklanıyordu.

Bir ara Feza'nın evinin perdesinin kıpırdadığını gördü. Biri belirdi camda. Saadettin Amcaydı bu. Cam kenarındaki çiçeği suluyordu. Sonra üst kata kaydı gözleri. Mehmet balkona çıkıp kollarını yaslamıştı korkuluklara. Koray, iyice sindi saklandığı ağacın arkasına. Feza'dan önce kimsenin kendisini görmesini istemiyordu.

Ve biraz sonra, kendisi için konulan yanlış teşhisten daha da yanlış olan manzarayla karşılaştı. Feza, sabahlığıyla çıktı balkona. Arkadan sıkıca sarıldı Mehmet'e. Mehmet, bir şeyler söyledi ona. Öpüştüler sonra. Gözleri karardı Koray'ın. Düşmemek için ağaca verdi sırtını. Nefes nefeseydi. Ağlarken inledi: "Ölsem daha iyiydi..."

Ağır adımlarla uzaklaştı oradan. Elindeki çiçeği yere bıraktı. Amaçsızca dolaştı Fenerbahçe'nin arka sokaklarında. İçindeki ateş, yanaklarından yaş olup akıyordu. Yenik ve yorgundu... İstanbul'da akşam oluyordu.

***

Hava karardıktan sonra tekrar gitti sokağa. Bahçe kapısına kadar yürüdü. Yorgun ve bitkindi. Onları birlikte gördüğü balkona baktı bir süre. Sonra kapı ziline baktı. İkisinin adı yan yanaydı. Feza'nın adının yanında Mehmet'in soyadı vardı. Göz pınarları kurumuştu. Yaş dökülmüyordu artık. Ama içi hâlâ ağlıyordu kan kan... Bir de yağmur atıştırıyordu usuldan...

O anda bir el dokundu omzuna. Takatsiz bir halde dönüp baktı. Mehmet'ti bu. Dışarıdan geliyordu. "Koray?" dedi şaşırarak. Yüzünde bir dehşetin denizi çırpınıyordu. Ayakta zor duruyordu Koray. Birkaç damla yağmur düştü ikisinin de omzuna.

"Siz evlenmişsiniz. O senin karın olmuş" dedi titreyen sesiyle.

"Evet evlendik. Senin adına üzgünüm" dedi Mehmet. "Çok sevdim, en az senin kadar sevdim ben de onu. Ama vazgeçmiştim. Onun mutluluğu için vazgeçmiştim ondan. Bir daha görmemek üzere gittim. Gölge olmak istemedim. Çok sonra öğrendim ki sen de gitmişsin."

Acı bir gülümseme yayıldı Koray'ın yüzüne. Gözlerini balkona çevirip konuşmaya başladı: "Demek onun mutluluğu için ondan vazgeçtin ha? Ne garip bir kader ki ben de onun mutluluğu için ondan vazgeçmiştim. Kanser olduğumu, bir yıl ömrüm kaldığını öğrendiğimde, benim ölümümle mutsuz olmasın diye vazgeçtim ondan. Kimselere söylemedim hastalığımı. Sonra kanser olmadığım çıktı ortaya. Yanlış teşhis dediler. Ben de ona geri geldim. Ama gördüm ki o da vazgeçmiş benden. Söylesene bana, aşk vazgeçmek midir?"

Mehmet'in gözleri doldu. Koray'ın yüzüne bakarak cevap verdi: "Gerçek aşk, onun mutluluğu için ondan vazgeçmekse, ben hazırım tekrar vazgeçmeye. Benimle yaşıyor ama beni yaşamıyor Feza, biliyorum. Onun aklındaki hâlâ sensin. Aynı yastığa başımızı koysak da onun aklında bir başkası olduğunu bilmenin acısını yaşamak ne demek bilir misin?"

Kelimeler zar zor dökülüyordu ağzından. Başka da bir şey diyemedi. Yağmur giderek hızlanıyordu. Ona eşlik eden şimşeğin pırıltısı yalıyordu her ikisinin de yüzünü. Bir süre konuşmadan birbirlerine baktılar. Sonra Koray'ın omzundan tutarak, "Eğer mutlu olacaksanız, yarın onun hayatından çıkar giderim. Daha önce onun için gitmiştim, şimdi ikiniz için giderim. Senin kaybolup gittiğin gibi ben de kaybolurum. Bir sözün yeter Koray; ben aşk için aşktan vazgeçerim."

İki adım geriye çekildi Koray. Yağmurdan sırılsıklam olan yüzü iyice sararmıştı. Gözleri yarı baygın bakıyordu artık. Kıpırdadı dudakları ansızın: "Yarını bekle" dedi Mehmet'e. "Feza'ya beni gördüğünü sakın söyleme. Ben cevabımı yarın vereceğim."

Omuzları çökmüş bir halde, ayaklarını sürüye sürüye gitti. Ertesi gün haberi geldi. Koray, ardında bir mektup bırakarak intihar etmişti.

***

Mehmet çok üzüldü bu haberle. Feza da öğrenmişti. Koray'ın intiharı gazetelerde haber olmuş ve arkadaşları

Feza'yı arayıp sormuştu. Feza yıkıldı. İçine kapandı. Mehmet ona Koray'ın neden birden kaybolup gittiğini ve sonra kapısına kadar geldiğini söyleyip söylememekte tereddüt etti. En sonunda hiç söylememeye karar verdi. Çünkü Koray öyle istemişti. Feza bilirse daha çok üzülecekti. Koray'ı asla unutmayacaktı. Neden kaybolup gittiğini ve sonra intihar ettiğini hiç bilmeyecekti. Mehmet hep bu sırrın ağırlığıyla yaşayacaktı. Koray ile yalnızca bir kez karşılaşmışlardı ve onu çok sevmiş, o genç delikanlının aşkına çok saygı duymuştu. İki yıl sonra dünyaya gelen oğullarının adını Koray koydu.

-Son-

Koray'ın Mektubu

Bazı kalemler baştan kırıktır.

Merhaba yitip giden canımın içi...

Eski bir yazımda, "Ölüm mutlak sondur. Kimse bundan kaçamaz. Ama sorsan herkes yaşamak ister. Onlara lafım yok. Mücadelem, yaşamak isteyenler için değil, yaşaması gerekenler için" demiştim. Ama artık ben de yenildim. Yaşaması gerekenler için yaşamak isterken, şimdi ölüme gönüllü gidiyorum. Ne kadar trajik değil mi? Ölüme giderken bile aslında yaşamak istiyorum biliyor musun? Evet! Yaşamak istiyorum fakat bu hayat için ne kadar gerekliyim onu da bilmiyorum. Hayatta olmam formaliteden öteye geçmeyecekti zaten; yaşam denen bunca ayrıntının içinde sen olmadıktan sonra...

Gidiyorum sevdiceğim, hayat üstüme uymadı. "Madem bir gün öleceğiz o zaman niye yaşıyoruz ki!" gibi saçma bir bahaneyi koluma takıp gidiyorum. Sonuma geldim.

İnsanın kendi sonunu yazması ne kadar keder verici bir bilsen... Ama hâlâ gülümsüyorum; senin sevdiğin gibi... Lütfen mezar taşımın üstüne "Burası çok güzel gelsene" yazdırıp, yanına şöyle bir gülücük :) koydurun olur mu?

Bazen geç kalmaktır aşk... Ben sana geç kalmışım biraz! Yarım bir hikâye bizimkisi... Başı eksik sonu olmayan ortası sen ve ben'li... Göğüs kafesimde her gün biraz daha büyüyen ve kapanması mümkün olmayan bir boşluktun sen. Denize düşen yılana sarılırmış Feza... Ben aşkının içine düştüm de sensizliğe sarıldım. Gözyaşlarım kurumadan başladım kahkaha atmaya... Artık hiçbir aşk paklamazdı beni. Mutsuz insanı kandırmak zordur çünkü.

Ey Derviş yüreğim! Ateş ve kandan oluşmuş bir yaraya Eyyübüm ben! Her aşk nasıl kendi yolcusunu ararsa, her acı da kendine bir yolcu ister. Bak! İki gözüm iki çeşme... Yine de söndürmez sol yanımdaki yangınımı!

Bir vazgeçiş öyküsüydü senden sonra hayatım. Önce senden, sonra kendimden... En dürüst halimle yalanlar söylemiştim sana. Senin iyiliğin içindi deyip, iyiliğini gözetmeyen bir tek cümle bile kurmayacağım. Seninle ölmeyi dilerken, seni öldürmemek için ölecek olmuşluğuma bile aldırmadan, tereddütsüz senden vazgeçişim bundandı. Hayır, hayır bu senden değil kendimden vazgeçmekti düpedüz! En sevdiğim yanımdan... Ve giderken kalbimin kapısını içerden kendi üstüme kilitleyip anahtarını gözlerinden aşağıya atmıştım damla damla.

Aşktan vazgeçmek zordur sevgilim, ben aşkından

vazgeçmedim aşk benden vazgeçti. Çünkü bir gün kalbinin üzerine yattığın adamın kalbinin atmaması öldürecekti seni. Gittim... Kanayan yarama sığındım giderken ve sancıma... Gözüm arkada kala kala gittim senden. Yalnızca acı ve ateş yağmurunu değil, beni nefretinle hatırlayacak olmanı da göze almıştım. İsterse 'çaresizlik' olsun vazgeçmişliğimin adı... Hayatın, her seferinde yüzüme çarptığı yüreğimin fişini çekiyorum gözlerinden. Ben senden vazgeçmiyorum sevgilim, senin mutluluğun için kendi ömrümü feda ediyorum.

Son damla gözyaşındaki anlamla/acıyla o ana çiviledim zamanı. Son kez 'Seni seviyorum' demek istedim de koca bir sus düştü sol gözümden... Son kez bakamadan, yüreğimi ardımda bıraka bıraka koştum ölüme.

Ömrüme doğan güneşin cehennem ateşine dönüşünü izledim. Bildiğimden daha büyükmüş çaresizliğim. Sadece bir kere tökezledim ömür denen bu yolda. Onda da hayatım burkuldu. Bu yol gücüme gidiyor, fıtratım dağılıyor. Daha da yakışmaz hayat bana. Alçaksın hayat; ölümü güzelleştirdin giderek...

Üzgünüm. Sana kıyamadığımdan kaderime küsüyorum. Benden sonra da yaşarsın elbet. Bir gün duracağını bildiğin bir kalple yaşıyorsan bir gün gideceğini bildiğin birini de sevebilirsin. Dilerim Allah'tan yaptıklarının pişmanlığı, yapamadıklarının keşkeleriyle dolu bir hayatın olmaz benden sonra.

Hepimiz bir gün öleceğiz sevgilim, sen aşkı unutma.

Koray'ın Şiir Defteri

Öfke

Tuz kokusuyla dolu bir ölüm bu
Binlerce gözyaşına karışmış.
Bir yarısı aşk diğer bir yarısı ayrılık…
K'ansız ölüm…
Ansız ölüm…
İnce telli bir yar saçında
Nasıl boğuyor kendini insan.
Yumruklarımı sıkıp
Saatlere vuruyorum şimdi bütün öfkemi.
Öfkem zamana,
Öfkem yokluğuna,
Öfkem gidişime,
Öfkem bu kadar ıssız kalışıma…
Dul kalmış yalnızlığımı teselli edecek
Hiçbir söz bulamayışıma bütün öfkem...

Vur

Kalemim eline en güçlü kelimeleri alıp
kalbime doğrulttu.
Kalbim vur, dedi.
Ben de her şeyi bırakarak gittim...

Naaş

İki dudak arası bir can yalazıyla,
Aydınlattım kalbimin en ücra köşelerini...
Göğüs kafesimde tutsak bir kuş misali
Çırpınıyor kalbim.
Çırpına çırpına ölüyor
Sana çarpmaktan!
Ayrılık nedir biliyor musun sevgilim:
Yaşadığını sanan bir kalbin omuzlarından
Bitmiş bir aşkın naaşının kaldırılması...

Acı

Bütün sorularının cevapları
Yıkıldı üzerime...
Kalbim kırıla kırıla çoğaltıyordu yokluğunu,
Sen sebepsiz bir terk ediliş mağduru
Ben çekip giden heves delisi sevgili...
Ne acımasızdın hayat
Ne çok acıma sızdın
Kalbimin çatlaklarından...

İçime kıvrılır ırmaklarım

İşte şurada
Kalbimin tam ortasında kocaman gülüşlerin var…
Bir ırmağı daha mı kurutacak içimdeki çöl?
Ben aşkı, ruhu gibi sonsuz bildim de
Ölemedim… Ölmeyi bilmedim…
Gözlerime bak… Bir kez olsun…
Gülüşüne değen her bakışımda aşk var.
Geride kalanıma da ah'larım vurur…
Bu rüzgâr hep mi zamansız beni bulur?
Irmaklarım akar akar da içime mi kıvrılır…

Kan toplamış ayaklar

Kan toplamış bir geçmiş zaman
Şimdi bütün anılar...
Kiralık bir hüzün kalbimin gergefine
Gecenin koyulttuğu renklerle işleniyor.
Güneşin alnında soluyor
Parlak kadife kumaşıyla acılar...
Yalıtımlı duvarların ardından duyulmuyor
Soğuk ve kahırlı çığlıklar...
Ahşap aynada yitik bir görüntü
Köşelerine sıkıştırılmış eski resimler
Ve harap olmuş yüzüm...
Asırlık dev bir çınarın dallarına dolanmış
Ellerini çözen zaman
İlk aşklar
Yazılan ilk şiir
Yastığa düşen ilk gözyaşı
Mevsimlik bir sevgi
Ömürlük bir yenilgi

Yapraklarına zaman değmiş
Kalın bir günce defterinde şimdi...
Belki bir şiirin içinden geçiyor
Belki bir şiir içlerinden geçiyor.
Ani bir baş dönmesiyle
Kendini gösteriyor ayrılık
Gün buğulu camlarda ağarıyor
İçimiz hep karanlık
Dinleniyor son yaşında
Koca bir geçmişin
Kan toplamış ayakları!

Yalnızlık

Yarı aralı gözlerim
Kimi zaman senden kaçırdığım
Görecek çok şeyin varken orda üstelik
Yalın bir bakış
Henüz doğmuş bir aşk
Ve hiç ölmeyecek bir tutku...
Parmak uçlarımdan
Sağa sola savrulan kelimeleri toplasam
Yalnızlığım da kendim olur muyum?
İnsan kendi yalnızlığında
Hep bir başkası olurmuş çünkü.
Olsun.
Ben de sana tutunurum.
Yalnızlığıma...

Sen

Alabildiğine benim olan bir korku bu,
Bir parça cesarete, cesaret dediysem
Satırlar boyu, mısra mısra sana ihtiyacı olan.
Sözlerden prangalar yaptım,
Kalemime vurduğum...
Sözünden, izinden çıkmadan
Yani başı sonu sana değen
İlmek ilmek seni işlercesine
Tüm şiirlere
Yani bir dur, demeden kalbime
Nokta sen, virgül sen, harf harf sen...
Üşüdüğünden midir nedir kalbimin
Cayır cayır bir bakış SEN!

Bir kente benziyorsun

Bir kente benziyorsun büsbütün
Onlarca insan kalabalığı,
Yağmursuz bir gün,
Ve laf dinlemez çocuklar gibi...

Acıya acıyı mı soralım?
Geçerken dağların asık yüzünden…
Gökyüzü bir renkten kolayca geçerken,
Başka bir renge,
Dönelim mi?
Aklımıza takılan yollara doğru...

Yaşamak üzerine...

Yaşamak acılı bir devinimse eğer,
Ölümün gelmesini bekleyeceğim her gece.
Kuşların kalbinden ruhuma bulaşan bir sayrı,
Altın kırbacıyla incitiyor soğuk gövdemi...
Aşk bir alaşım halinde akıp gidiyor kalbimden,
Sanki avuçlarım terliyor mavi mavi...
Kararmış, kırık dökük anılar
Anlaşılmaz eklerle alıyor yerini mısralarda.
Gözlerim bulanık...
Gözlerim köşe başları...
Gözlerim...
Durulmamış bir acı gibi,
Salar kendini içime, kuruyan yapraklara inat.

İnce Sızı

Bir şeyleri saklamaya çalışıyoruz birbirimizden,
Acılarımızı siper edinip
İkide bir de gülümseyerek üstelik!
Belirlenmiş bir sınırı koruyoruz aramızda,
Hayatın kirine büyük pencereden bakarken...
Geleceğe kalın çizgilerle gitmek ister gibi,
Geçmişin ince ince sızılarıyla...

Kar

Üç beş kar tanesini şakaklarımda bilirken,
Meğer benim kalbime düşmüşler.
Yağmura sorsam ismini
Bir buluttan ağan acı belki bir gözden...
Her lügatte gitmek midir anlamım?
Baktığın kadar uzak
Göremediğin kadar yakınındaydım oysa.
Kaleme, şiire sığındım da,
Ne dayanıksızmış kelimeler,
Anladım!
Ayrılıktan bahsederken...
Sözlerimi gözlerinden kaçırabilmek için
Ne çok kelime koydum
İki cümle arasına...
Buna da dayanmalıyım
Yaşanması hep sonraya bırakılan anlar gibi.

Ezberimde aşk

Harfsiz, şekilsiz
Ezberimde aşk.
Gözyaşıyla ağırlaşmış tuz dolu anılar
Kanatları ıslak kuşlar gibi her biri
Yine de özgür uçar gözlerinin karasında
Ezberimde aşk!
Kalbimdeki ateşin ellerinden tutmaz
Karanlık kuytularımda dolaşmaz
Her bir telinde eser de saçlarımın,
Yine de ezberimde aşk!
Soluk soluğa yağan bir yağmur,
İki göz iki çeşme bir sen için
Usulca sızarken geceye sözlerim,
Ezberimde aşk!
Adı her neyse azalarak kalmalı,
Aşksa aşk, günahsa günah,
Hangi yasada, hangi yasada mubah?
Ezberimdeki aşk.
Aşk dediğin soluk da alabilmeli
Soluk soluğa da kalabilmeli
Belki nefessiz bir ömür misali
Ezberimde aşk.

Bağışla Beni

Aşkın ömrü kalbini yaşadığın kadarmış
Meğer benden seni dilenen benmişim
Bağışla beni!

12

Aşkı ve ayrılığı şahit gösterdim adımlarıma,
Uzayan saçlarına hükmedercesine zamanın,
Akrebi SEN'i kovalayan bir yelkovan
Tik tak tik tak eder kalbimde...
Yaraya sızan kan misali
Yokluğunun sancısına sığınıyorum.
Vakit gece yarısı sen ki saat
Beni tam 12'den vurursun!

Kan Revan

Yokluğunun tekrarı bıkkınlığı artırıyor,
Daha bir anlaşılmaz kılıyor kelimeleri...
Bu kelimeler yaşamıyor
Nefes almıyorlar.
Eğilip bükülüp dönüp dolaşıp
Aynı şeyleri anlatıyorlar.
Parmak uçlarımdan çoğalarak...
Ah! Parmak uçlarım... Kan revan
Ne çok acı çekiyorum
Satır aralarına sığmayan binlerce kelime yüzünden!

Kaybolmak

Gözlerimden yanaklarıma düşüyor
Hüzün damlaları,
İnsan kaybolmayı diler mi kendi içinde?

Eskiyen Yalnızlık

Ve üşüyorum hâlâ...
Oysa kalın giyinmiştim yalnızlığı bu defa...
Sanırım eskitmişim...

Hak

Ölümün bile hakkını vermeli insan,
Mesela bir aşka kök salarak yaşamamalı.
Yüz vermemeli hüzne,
Kucak açmamalı yalnızlığa,
Şımartmamalı hiçbir duyguyu...

Yılgın atlar

Yine yılgın atlar koşmaya başlıyor içimde,

Acı,

Keder,

Hüzün,

Yokluğun,

Ve senin isine karışmış duvarlar…

Yine yılgın atlar koşuyor içimde

Sonra yine kalbimde soluklanıyorlar.

Huyumsun

Can çıkar huy çıkmaz derler

Öyleyse ölünceye sonsuza kadar kal benliğimde/içimde...

Ben, Sen, O

İçinden geçtiğim yollardan
Henüz varamadım sana
Sabah hiç olmadı,
Günün adı gecede kaldı
Gecenin büyük tozu genzimde

İçinden geçtiğim yollar
Cinnete kadar,
Cehenneme kadar
Yokluğun kadar…
İçinden geçtiğim yollar
Ben diye unuttuğum,
Sen diye sevdiğim
O diye gittiğim…
Olmadı diye bitireceğim belki de!

Cümle

Hayat öyle bir cümlenin içinde kullandı ki beni
Hüzne çalan acının yüreğe yakarışı
Gözlere ayrılığın izdüşümü oldum hep…

İki ölüm

Boğulacak gibi dalmışım gözlerine,
Bakarken büyük laflar etmişim içimden,
Sana susmuş kalbine konuşmuşum.

Kendine iyi bak sevgilim

Trajikomik bir aşk kumpanyası,
Belki bir hüzün müzikali,
Fonda bir hoşça kal senfonisi
Ve kapanış
Son sahnesi bu birlikteliğimizin
Kendine iyi bak sevgilim!